只有新的神咬过爱的苹果

聂鲁达诗集

SOLO LOS NUEVOS DIOSES MORDIERON LA MANZANA DEL AMOR

[智利] 巴勃罗·聂鲁达 著　龚若晴 译　GraciaxMarquez 绘

江苏凤凰文艺出版社
JIANGSU PHOENIX LITERATURE AND ART PUBLISHING

从 “绝望的歌” 到 “燃烧的剑”

文 ~ 范晔

(I)

ablo Neruda
904 — 1973

古人说：“从来才大人，面目不专一。”大诗人往往长于多种风格，不止一副笔墨，呈现多样面相。智利诗人巴勃罗·聂鲁达便是如此：据说他有“一根手指”“两双眼睛”和“三只耳朵”。

“一根手指”是说他好像希腊神话中的米达斯王，触手所及，点石成金，能将世上所见所闻的一切事物化为诗歌。墨西哥作家帕斯曾说聂鲁达拥有“两双眼睛”，一双观察现实世界，另一双则向梦幻世界敞开。至于“三只耳朵”的称号，却是缘起于他1951年的一次中国之旅。

那年9月，聂鲁达和苏联作家爱伦堡等人由莫斯科启程来华，代表斯大林国际奖金委员会为宋庆龄授奖。日后，他在回忆录中写道：“那些真诚的、最美好的微笑陪伴了我们好些日子。……我们结识了小说家、斯大林奖金获得者、作家协会主席丁玲，结识了茅盾、萧三以及老共产党人、中国诗坛泰斗、迷人的艾青。他们会讲法语或英语……”聂鲁达离开一年后，艾青在《文艺报》上发表《和平书简——致巴勃罗·聂鲁达》：“因为你的姓的中国翻译是‘聂’字，爱伦堡叫你是‘三只耳朵的人’，我问你：‘还有一只耳朵在哪儿？’你笑着指着前额说：‘在这儿。’你说：‘我可以倾听未来。’”只是，倾听到的未来未必是我们想要的未来。六年后，聂鲁达应邀与巴西作家亚马多夫妇再次来华访问，艾青专程离京赴昆明迎接。从滇池到长江再到北京的昆明湖，中国诗人一路陪伴他的智利好友漫歌与漫游。但就在聂鲁达回国前的欢送会上，他熟悉的“那双机敏和善的大眼睛”却不见了。据说后来在智利的黑岛，聂鲁达常常面对大海呼唤艾青的名字——他至死无法接受“到处陪伴我们的诗人艾青，被送到戈壁滩上……”

(2)

巴勃罗·聂鲁达的中国之旅是他在汉语世界的接受历程中的初章。《二十首情诗》中“我喜欢你是寂静的”已成为脍炙人口的名句，但聂鲁达之所以为聂鲁达，远不止于此。聂鲁达一个人就是一部抒情百科全书。与他的同名好友巴勃罗·毕加索相似，诗人拥有惊人的创造力，一生中不断自我变法，从哀感顽艳的《二十首情诗和一首绝望的歌》到吞吐万象的《漫歌》，他的整体创作风格难以用浪漫主义、象征主义、现实主义或超现实主义等任何标签来概括。拿弗他利·里卡多·雷耶斯·巴索阿尔托（诗人的本名）成功创造出名为“聂鲁达”的神话：以词语施魅的万人迷、去国离乡的波希米亚浪游者、以诗歌引导大众的革命者、用“第三只耳朵”倾听未来的先知……诗人的诸般面相在不同时期的文本中展露。像如此量级的作家，有必要对其作品作整全的呈现，让读者更好地解读与把握。聂

ftali Ricardo
eyes Basoalto

鲁达应当是汉语世界里最知名的西语诗人之一，但即使如此，其仍有不少作品尚未被译介，《燃烧的剑》就是其中的遗珠。这本出版于 1970 年的诗集，是聂鲁达晚期创作中别开生面的一部。

(3)

《燃烧的剑》这本诗集或可看为一部由 87 个短章组成的诗剧，其间多有独白和对白。梗概如下：世界上最后一个男人罗多从覆灭人类的战争与灾厄中逃出，独自来到广袤孤寂的荒野，在这巴塔哥尼亚版的伊甸园，罗多遇上了恺撒城中逃出的女人罗西娅。恺撒城是丛林中的一座黄金之城，它的故事早在殖民时代就在西班牙探险者中广为流传，无数人为了寻觅它的踪迹而投身于开拓和征服丛林，却都无疾而终。逃过了征服者爪牙的黄金城，却在一场灾难里倾塌。幸存者罗西娅逃出覆灭的城市，与罗多相遇。两人在警惕、敌视与对立之后陷入情网。罗多厌倦了人类社会的战争、暴力与冲突，而罗西娅身上属于自然和女性的特质——野性、纯净与温柔为他带来救赎。同时，在罗多的爱中，罗西娅找到了自我。

然而，火山酝酿着另一场灾难，在喷涌的岩浆和漫天火光中，罗多与罗西娅乘上自己建造的船，以梦为方舟，带着动物一路逃亡。在逃亡的路上，这对恋人终于认识到自己的神性。旧神放逐了毁灭的世界，而他们将成为新世界里新的神明。

《燃烧的剑》是对《圣经》故事的重写和再创作，不仅与《世界末日》《2000》等诗集中一样凸显灭世主题，更是《启示录》背景下的《创世记》，包蕴了罗得之妻化为盐柱、大洪水及诺亚方舟等意象。1923 年，聂鲁达曾将法国作家马赛尔·施沃布的短篇《火焚尘世》译为西文发表，其中一对青年男女从毁天灭地的火山喷发中幸存，乘舟泛海的情节无疑给智利诗人留下了深刻的印象，以至于在他半个世纪后的诗作中仍能寻得回响。在《燃烧的剑》里，聂鲁达对一年前出版的诗集《世界末日》做出了回应。先后目睹了西班牙内战和“二战”，又面对着冷战与核战争的威胁，诗人为人类的处境与命运忧心如焚，这是两部诗集共同的背景与底色。但如果说《世界末日》是一记警世钟，《燃烧的剑》则是一曲生命与希望之歌，是在灾祸的压覆中对人类之爱

arcel Schwob
867 — 1905

n del mundo
1969

的再次相信："……本书就此结束并开始。"此处不见了那个呢喃着"今夜我能写出最悲伤的诗行"的惨绿少年，也不见了"美洲的爱与我一起攀登"的史诗豪情，最终留下的只有历经沧桑后艰楚又朴素的信心："我爱你。我们会活下去。"

目录

二十首情诗
和
一首绝望的歌

燃烧的剑

VEINTE POEMAS

DE AMOR Y

UNA CANCIÓN DESESPERADA

1924

二十首情诗

和

一首绝望的歌

诗之一

POEMA 1

女人的身体，白色的山丘，白色的大腿，
你奉献的姿态一如世界。
我野蛮的农夫之身掘开你，
让孩子从地底跃出。

我只身如隧道。鸟儿逃开我，
黑夜强袭侵入。
为了存活，我将你锻成武器，
如我弓弩的箭，弹弓的石。

但复仇的时刻来临，我却爱你。
肌肤的身体，苔藓的身体，贪婪而坚定的乳汁的身体。
啊，胸脯的酒杯！啊，出神的眼睛！
啊，阴阜的玫瑰！啊，你缓慢而哀切的声音！

我的女人的身体，在你的美中永存。
我的渴求，我无边的热望，我未决的道路！
黑暗的河道里，绵延着永恒的渴求，
绵延着疲惫，以及无尽的痛苦。

诗

之

二

POEMA 1

光以垂死的火焰笼罩你。
你出神，苍白哀痛，
面对身侧旋转的
黄昏的老旧螺旋桨。

缄默着，我的朋友，
只身在这死亡时刻的孤寂里
充盈火的生命，
倾颓白昼的纯净继承者。

太阳簇簇落于你深色的外衣。
黑夜的巨大根系
蓦然从你灵魂生出，
隐在你身的东西重归于外。
因此自你新生的
一个苍白的蓝色民族得到滋养。

噢，优异、丰沃而迷人的女奴，
暗色与金光流转的圈：
她挺立，着手完成多灵动的创造，
以致她繁花陷落，充满悲伤。

诗之三

POEMA 1

啊，浩瀚松林，浪碎之响，
光的轻缓嬉戏，孤寂的钟声，
暮色落入你的眼睛，姑娘，
陆上的螺，大地在你身上歌唱！

在你身上，河流歌唱，我的灵魂逃遁其中，
如你所愿，去你所想之处。
请在你的希望之弓上为我指向，
我将在狂乱中放出箭群。

在我身侧，看你雾霭的腰肢，
你的沉默追逼我逃窜的时日。
是你与你透明石头的双臂，
我的吻泊于其上，我湿润的欲望栖居其间。

啊，你浸染爱意的神秘声音，
在垂死暮色的共鸣里回响。
于是，田野上的深沉时刻，我看见，
谷穗在风的口中弯身。

诗　之　四

POEMA 4

夏日中心，
风暴的清晨。

云飘行如挥别的白手帕，
风以旅人的手将它摇动。

无数颗风的心
跳动在我们爱的寂静上。

林间嗡鸣，神妙的管弦乐，
如满载战与歌的语言。

风席卷枯叶，
拨乱鸟群跃动的箭。

风将它掷于无沫的浪，
没有重量的物体，倾斜的火。

万千个吻破碎沉没，
被撼击在夏日之风的门前。

诗之五

POEMA 5

为了让你听见我
我的词语
时而精简
如沙滩上海鸥的足迹。

项链，沉醉的铃铛
为你葡萄般柔软的双手。

我见我的词语遥远。
它们更似是你的。
常春藤般攀上我的旧痛。

如此爬上潮湿的墙。
这残忍游戏的元凶是你。

它们逃离我的黑暗巢穴。
你充盈一切，充盈一切。

在你之前，它们填满你所占据的孤寂，
比你更习惯我的悲伤。

现在我愿它们说出我想对你说的话
让你听到它们，就像我希望你听到我那样。

苦痛的风还时常将之挟卷。
梦的飓风仍不时将之击倒。
你在我悲痛的声音里听到其他声音。

古老嘴唇的哭泣，古老哀求的血液。
爱我吧，女友。请不要抛下我。跟随我。
跟随我，女友，在这苦痛的浪里。

但我的词语逐渐染上你的爱。
你占据一切，占据一切。

我会将它们制成无尽的项链，
为你白皙的双手，柔软如葡萄。

诗之六

POEMA 6

我记得你去年秋天的样子。
灰色贝雷帽，平静的心。
在你眼中，暮色的火焰争相烧灼。
树叶落入你灵魂的水面。

你像蔓藤依在我怀中，
树叶聚拢你缓慢平静的声音。
惊愕的篝火，我的渴求在其中燃烧。
甜美的蓝色风信子缠绕我的灵魂。

我感到你的眼睛正远行，秋天已经遥邈：
灰色贝雷帽，鸟的声音和家一般的心
我的热望向何处迁徙
我炭火般快乐的吻又落向何处。

船上的天。山丘上的田野。
你的记忆是光，是烟，是平静的池塘！
你的眼睛之外，暮色在燃烧。
秋天的枯叶在你灵魂中飘旋。

诗之七

POEMA 7

倚身暮色，将我悲伤的网
掷入你汪洋的双眼。

最高的篝火里蔓延并燃烧着
我的孤独，似溺水者挥动手臂。

我将红色记号作在你出神的眼，
它翻涌似灯塔之滨的大海。

你只保藏黑暗，我遥远的女性，
自你的目光，时而浮现惊怖的海岸。

倚身暮色，将我悲伤的网
投入那晃动你汪洋双眼的大海。

夜鸟啄食初现的星
闪烁如我爱你时的灵魂。

夜色骑着阴影的雌马飞驰
在田野散落蓝色的流穗。

诗之八

你是醉于蜜的白蜂，在我灵魂嗡响，
在烟的缓慢螺旋里转动。

我是绝望之人，没有回音的词，
失去一切，也曾拥有一切。

POEMA 8

最后的船索，我最后的渴切在你身上作响。
你是我荒芜土地上最后的玫瑰。

啊，缄默！

合上你深邃的眼。夜在其中游动。
啊裸露你胆怯雕像的身体。

你有深邃的眼，夜游动其中。
花的丰润双臂，玫瑰的膝头。

你的胸脯如白色蜗牛。
阴影的蝴蝶落在你腰腹休憩。

啊，缄默！

这里有你缺席之处的孤独。
下雨了。海风猎捕游荡的海鸥。

流水在潮湿的街赤足而过。
那棵树上，叶子哀怨如病患。

白蜂，你并不在，却仍于我灵魂嗡响。
你在时间里复苏，纤瘦缄默。

啊，缄默！

诗

之

九

POEMA 9

沉醉于松脂和长吻，
夏日，我驾着玫瑰风帆，
弯绕向纤薄之日的逝灭，
扎根在海的坚实狂热。

苍白系于我吞噬一切的流水，
我在无翳的酸气中穿行。
仍然身披灰暗，苦涩的声音，
与被弃浪花的悲伤盔饰。

满怀激情，我身骑独绝的浪，
月亮，太阳，炽热与冰冷，突然间，
沉睡在幸运岛屿的喉中，
它们洁白柔美如丰润的臀胯。

我亲吻的衣装在湿润的夜间颤抖，
疯狂地载满电流，
英雄般分裂成梦
与加于我身的醉人玫瑰。

上游，外部的浪里，
你平行的身体依偎在我怀中
似一尾鱼无尽粘连我的灵魂
在尘世的能量中忽快忽慢。

诗之十

POEMA 10

我们甚至失去这暮色。
傍晚无人见证我们双手相握
当蓝色的夜落在世上。

从我的窗，我看见
远方丘上西边的欢宴。

一枚阳光似是硬币
间或在我手中燃起。

我想起你，这灵魂
紧贴悲伤，你亦知晓。

那么，你在哪里？
在谁之中？
说着什么？
为何全部爱意突然向我奔涌，
当我感到悲伤，觉得你遥远？

总在暮色里拿起的书本滑脱，
我的斗篷如受伤的小狗滚落我的脚边。

你总是，总是在傍晚离开
朝着暮色缓缓抹去雕像的地方。

诗 十 一

POEMA 11

弦月泊于两山间，
几在天外。
盘旋的夜，掘动眼睛。
看多少星碎在塘中。

在我眉间立哀悼的十字，又逃开。
蓝色金属的锻炉，无声抗争之夜，
我的心旋转如疯狂的飞轮。
姑娘，远道而来，自远方被带来，
她的目光时而在天空下生辉。
哀怨，风暴，愤怒的涡旋，
从我心上穿过，不要停下。
墓穴之风裹挟，毁坏，吹散你昏睡的根系。

将巨木拔起，至她另一侧。
但你，明净的姑娘，烟的问询，流穗，
是风以被照亮的叶片做出你。
夜晚的山脉背后，白色的烈焰百合，
那里我什么都无法说出！你由万物构成。

焦愁，你以刀分开我的胸膛，
是时候走上另一条路，她不再微笑的道路。
掩埋钟声的风暴，雷雨的浊水旋绕，
为何现在碰触她，为何让她伤心。

唉，顺着远离一切的道路，
那里没有苦痛、死亡与冬天拦阻，
以露水间睁开的眼睛。

诗

十二

POEMA 12

你的胸膛足以盛下我的心。
我的双翼可堪托起你的自由。
你灵魂里沉睡之物
将从我嘴上到达天空。

每日的憧憬在你。
你如露水临于花冠。
当你不在，地平线也销蚀。
海浪般经久离散。

我说，你在风中歌唱
如松林，如桅杆。
你像它们，高大渊默。
如远航般突然忧伤。

温馨如一条老路。
回响和怀旧之声盘踞你。
我已醒来，有时，
憩在你灵魂的鸟儿迁徙逃离。

诗　　　十三

POEMA 13

以火的十字，我渐次
标记你身体的白色图集。
我的嘴唇是蜘蛛，隐匿穿行。
在你身上，你身后，怯懦，干渴。

在暮色岸边讲给你的故事，
柔美哀伤的姑娘，只为让你不再哀伤。
一只天鹅，一棵树，遥远而快乐的事物。
葡萄时节，成熟与结果的时节。

我住在海港，我从那里爱你。
梦与寂静交错的孤独。
囿于海和哀伤之间。
缄默，谵妄，在两个佁然的船夫之间。

嘴唇与声音之间，有什么正死去。
它有鸟儿的翅膀，有苦痛与遗忘。
就像渔网兜不起流水。
我的姑娘，只留几滴颤动的水珠。

然而，瞬逝的词语里有什么在歌唱。
有什么在歌唱，升向我贪渴的双唇。
噢，可用所有快乐的词祝颂你。
歌唱，燃烧，逃离，如疯子手里的钟楼。
我哀伤的温柔，你突然变成什么？
当我抵达最冒险与冰冷的顶点
我的心闭合如夜晚的花瓣。

诗
十四

POEMA 14

你日日同宇宙的光嬉戏。
细弱的访客，花与水中到来。
你不仅是这小小的白色脑袋
我每日似花簇拥在怀中。

自我爱你，你不似任何人。
让我将你放入黄色花环。
谁在南方的星间以烟雾的字母写你的名字？
啊，让我记下你那时的模样，当你还不存在。

突然，狂风呼啸，拍打我紧闭的窗。
天是装满昏暗鱼群的网。
所有的风到来，所有。
雨水赤露。

鸟儿飞逃。
风，风。
我只可与人的力量相争。
骤雨挟卷黑叶
松开所有昨夜泊在天上的船。

你在这里。啊，没有逃开。
你将回应我的呼喊直至最后一声。
蜷缩在我身旁，似是害怕。
然而曾有奇异的阴影在你眼中闪过。

现在，现在也是，小姑娘，你为我带来忍冬

连胸脯也沾满芬芳。
当哀伤的风飞驰，杀死蝴蝶，
我爱你，我的快乐啃咬你李子的双唇。

你忍受了多少痛苦，习惯我，
习惯我野蛮孤寂的灵魂，被一切驱赶的名字。
多少次我们看见金星燃起，吻我们眼睛，
我们头顶，暮色在旋转的扇叶里展开。

我的词雨落在你身，抚过你身。
我爱过许久，你阳光下珠母的身体。
我甚至相信你是宇宙的主宰。
我要从山上为你带来欢欣的花，风铃草，
深色榛子，一篮篮野生的吻。
我想
与你做春天在樱桃木上做的事情。

诗

十五

POEMA 15

我喜欢你沉默的样子，仿佛你并不在，
你从远处听见我，而我的声音无法触及你。
仿佛你的眼睛飘远
仿佛一个吻封住你的唇。

正如万物里盈满我的灵魂，
你从中出现，充盈着我的灵魂。
梦的蝴蝶，你就像我的灵魂，
你就像忧郁这个词；

我喜欢你沉默的样子，仿佛你正遥远。
就像你在哀怨，低语的蝴蝶。
你从远处听见我，而我的声音无法抵达你：
让我与你的沉默一同沉默。

让我以你的沉默同你对话
它清澈如灯，朴素如环。
你就像黑夜，沉默无声，布满群星。
你的沉默是星星，遥远而简单。

我喜欢你沉默的样子，仿佛你不在。
遥远哀痛，仿佛你已死去。
于是，一个词，一个微笑便足够。
我便快乐，快乐于这并非真的。

诗十六

～转写自泰戈尔

POEMA 16

我黄昏的天空，你似一片云
颜色与形状如我所愿
你是我的，是我的，双唇甜蜜的女人，
我无尽的梦栖于你的生命。

我灵魂的灯将你双脚映成玫瑰色，
我酸涩的酒在你唇上更甜：
噢，我日暮之歌的刈者，
我孤寂的梦感到你属于我！

你是我的，是我的，我在晚风中呼喊，
风卷起我寡居的声音。
我双眼深处的猎手，你的侵夺
让你夜里的目光宁静如水。

你被困于我乐声的网，我的爱人，
我乐声的网如天空宽广。
我的灵魂诞生于你哀伤眼睛的岸。
在你哀伤的眼睛里，开启梦的热土。

诗
十七

POEMA 17

思索着，让影子缠绕在深切的孤独里。
你也遥远，啊，比任何人都遥远。
思索着，放飞鸟儿，让影像渐消，埋葬灯火。

迷雾钟楼，多遥远，立在高处！
窒灭哀怨，碾磨阴郁的希望，寡言的磨坊主，
夜晚迎面而来，远离城市。

你的存在陌生，于我奇异如事物。
我思索，长久漫行，在你之前我的生命。
任何人之前我的生命，坎坷的命途。
向着海的呼喊，石头间的呼喊，
疯狂自由地奔散，在海雾里。
哀伤的怒火，呼喊，海的孤寂。
恣意，狂暴，伸向天空。

你，女人，在那里曾是什么，
是这巨扇的什么纹路，哪根扇骨？那时你遥远如现在。
森林大火！以蓝色的十字燃烧。
燃烧，燃烧，烈焰跳动，火星飞迸在光的树林。

轰然崩毁，噼啪作响。大火，大火。
我的灵魂起舞，为火花所伤。
谁在呼唤？怎样的寂阒盈满回声？

怀旧时刻，快乐时刻，孤独时刻。

POEMA 17

一切间我的时刻!
号角里风高歌着穿行。
多少哭泣的激情系于我身。

被所有根系摇动,
由所有海浪拍击!
我的灵魂无尽翻腾,快乐,哀伤。

思索着,将灯埋入深切的孤独。
你是谁,是谁?

诗

十八

POEMA 18

我在这里爱你。
风从黑暗的松木上脱身。
月亮的磷光洒在漂泊的水面。
同样的日子追逐前行。

雾在起舞的身影中散去。
银色海鸥顺着夕阳落下。
有时是一片帆。辽远的，辽远的星。

或是船的黑色十字架。
孑然一身。
有时我天亮起身，甚至灵魂也湿润。
遥远的海响起，回响。
这是一座港口。
我在这里爱你。

我在这里爱你，地平线徒劳地隐藏你。
我仍爱你，即便在这些冰冷的事物里。
有时我的吻随那些沉重的船出行，
它们穿过大海，朝向无法抵达之处。

我已看到自己如这些旧锚被遗忘。
码头在黄昏泊来时更显悲伤。
我那徒然饥馑的生命越发疲乏。
我爱我没有之物。你如此遥远。

我的疲倦在徐缓的暮色中挣扎。

但夜晚降临，开始向我歌唱。
月亮转动它梦的齿轮。

最盛大的星以你的眼睛看我。
因为我爱你，风中的松
愿以丝线般的叶子唱出你的名字。

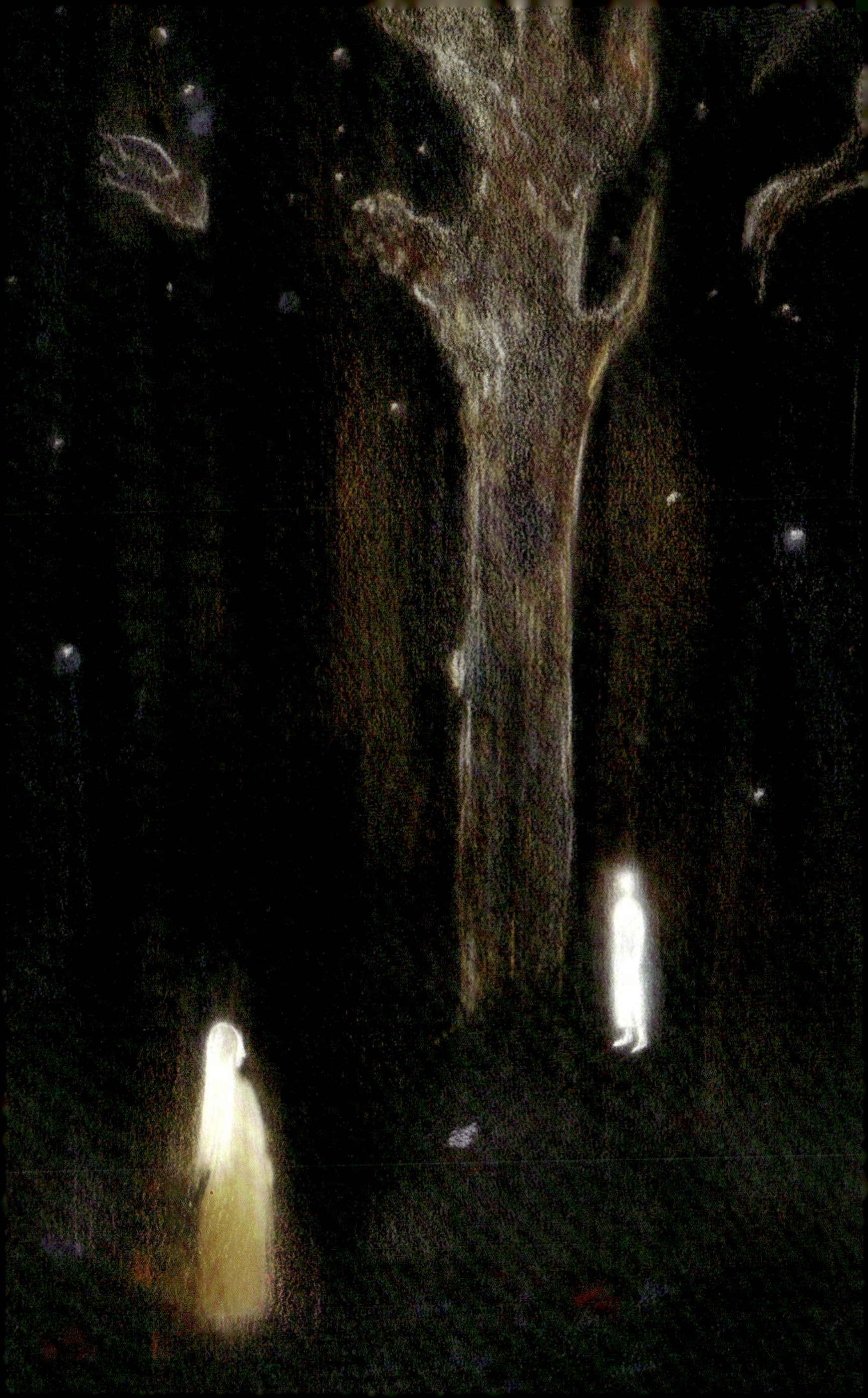

诗

十九

POEMA 19

黝黑灵巧的姑娘，太阳滋养果实，
丰盈麦粒，拂动海草，
也养育你快乐的身体，明亮的眼睛
和流水般微笑的双唇。

当你张开双臂，热切的黑太阳
卷绕在你披散的青丝里。
你与太阳嬉戏，如拨动溪水，
它在你眼中留下深邃缓流。

黝黑灵巧的姑娘，没有什么能让我靠近你。
你的一切让我远离，就像离开正午。
你是蜜蜂狂乱的青春，
波涛的沉溺，谷穗的力量。

然而，我忧郁的心寻求你，
我爱你快乐的身体，纤细不羁的声音。
柔美确切的黝黑蝴蝶，
如麦田和太阳，罂粟和水。

诗

二十

POEMA 20

今夜我能写出最悲伤的诗行。

譬如，“繁星满夜，
蓝色的星，颤在远方”。

夜风飞旋，歌唱。

今夜我能写出最悲伤的诗行。
我曾爱她，有时，她也曾爱我。

这样的夜里，我曾拥她在怀。
无垠的天空下，我曾无数次吻她。

她曾爱我，有时，我也曾长久爱她。
怎能不爱她凝望的大眼睛。

今夜我能写出最悲伤的诗句。
想到我已不再拥有她。感到我已失去她。

听浩渺的夜，因没有她而更加浩渺。
诗句落入灵魂，如同露水落在牧场。

我的爱不能留住她又何妨。
繁星满夜，她却不在我身边。

这就是全部。远方有人歌唱。远方。
我的灵魂不满于失去她。

似是想要靠近，我的目光将她寻找。
我的心也寻找，她却不在我身边。

同样的夜，白了同样的树。
我们，已不是那时的我们。

我不再爱她，真的，但我曾多么爱她。
我的声音曾将风追寻，只为触她的听闻。

别人。她将属于别人。就像从前属于我的吻。
她的声音，明净的身体。她无尽的双眼。

我不再爱她，真的，但或许我仍爱她。
爱多么短暂，而遗忘如此漫长。

因为这样的夜里，我曾拥她在怀，
我的灵魂不满于失去她。

即便这是她带给我最后的痛苦，
即便这是我写给她最后的诗行。

THEY'RE
HERE

绝望的歌

你的记忆从我身处的夜浮现。
河流将它执着的哀鸣与海相连。

被弃置如黎明的码头。
噢，被抛弃的人，已是离开的时候！

LA CANCIÓN DESESPERADA

冰冷的花冠下在我心上。
噢，瓦砾的底舱，遇难者的残酷洞穴！

你身上，战争与飞行都聚集。
你身上，鸣鸟张开翅膀。

你似远方，吞没一切。
似海，似时间。一切都在你身上失事！

那曾是进攻与亲吻的快乐时刻。
灯塔般燃亮的惊愕的时刻。

领航员的急切，盲人潜水员的愤怒，
爱意的混浊沉醉，一切都在你身上失事！

雾的童年里，我身有双翼的受伤灵魂。
迷失的探险者，一切都在你身上失事！

你将自己缠于痛苦，抓附欲望。
悲伤将你击倒，一切都在你身上失事！

我推开阴影之墙。
超越欲望和行动。

噢，肉体，我的肉体，我曾爱过又失去的女人，
在这湿润的时刻，我回想你，为你唱起歌。

你如杯子，容下无尽的柔情，
而无尽的遗忘将你打碎如杯子。

那是黑色的，岛屿黑色的孤寂，
那里，爱的女人，将我揽入怀中。

那是干渴与饥饿，而你是果实。
那是悲痛与废墟，而你是奇迹。

啊，女人，我不知你如何能
将我收容在你灵魂的土地上，在你手臂的十字中！

我对你的渴望最可怖与短暂，
最混乱与沉醉，最紧绷和贪婪。

亲吻的墓地，你的坟冢里仍有火
仍有果枝燃烧，被鸟啄食。

噢，被啃咬的嘴，噢，被亲吻的四肢，
噢，饥饿的牙齿，噢，缠绕的身体。

噢，希望与努力的疯狂交媾
我们在其中盘结，绝望。

还有柔情，如水和面粉一样轻。
还有我们嘴上几未说出的那个词。

那是我的命运，我的热望在其中漫游，
它同样在那里坠落，一切都在你身上失事！

瓦砾的底舱，一切在你身上坠落，
什么苦痛你没有绞出，什么浪未将你淹没。

波涛汹涌间你仍在燃烧和歌唱
如一个水手站立在船首。

你仍在歌中绽放，在水流中破碎。
噢，瓦砾的底舱，敞开的苦井。

苍白盲目的潜水员，不幸的投石手，
迷失的探险者，一切都在你身上失事！

是离开的时候了，冰冷艰辛的时刻
夜将之束在所有日程上。

海的喧嚣之带缠绕着海岸。
寒冷的星辰升起，黑色的鸟儿迁徙。

被弃置如黎明的码头。
只有颤抖的影子在我手中盘绕。

啊，越过一切。啊，越过一切。
是离开的时候了。噢，被抛弃的人！

LA ESPADA ENCENDIDA

1970

燃烧的剑

（耶和华）于是把他赶出去了。又在伊甸园的东边安设基路伯和四面转动发火焰的剑，要把守生命树的道路。

——《创世记 3：24》▲

▲ 译文引自《圣经》中文和合本。

提要

这是一个幸存者的故事。他从一场毁灭人类的灾厄中逃出生天，来到智利麦哲伦大区广袤孤寂的荒野上。他决心在此建立他的国，成为世上最后的居民。一天，一个从黄金恺撒城中逃出的少女出现在他的领地。

命运让他们相遇，却在这荒芜的新伊甸，向他们举起古老的燃烧之剑。

当上帝降下怒火与死亡，庞大的火山照亮天际，似亚当与夏娃的两个生灵终于开始察觉自己的神性。

诗人
起调

可以肯定，必然的山脉中，
七舌火山下，
水这冰雪之女的声响
四处沉落，
什么都不会发生，只有林中的日子，
风与露中震颤。

引擎的意志在远方耗尽：
火车的烟雾飘向城市
而我，顽固之人，开掘寂静，
找到阴影的区域，零日，
那里时间似乎回转
如一头老象，或是停住，
许是为了死去，许是为了存续，
而夜与夜之间，下一个夜已经备好，
日子如水滴前赴后继。

黑色奏鸣曲就此开始。

罗多与罗西娅

罗多，岩石般的领主，对她视而不见
罗西娅，恺撒城的勤劳女儿。

胸脯宽阔，小小的嘴巴和眼睛，
出来打水，她就是陶罐，
出来洗衣，她就是洁净，
穿过雪地，她就是雪，
积雪般怡然，无形而馥郁
这就是罗西娅·拉伊斯。

是罗多令她沉寂，他却浑然不知。

是自然的冰封栅栏：
向艾森往南的巴塔哥尼亚▲
施与冬日陆地的荒凉法则。

罗多的头脑陷入迷雾，
在火山的疮疤间，
马不停蹄，追逐着
草原的气息、邈远与宁静。

▲ 艾森是智利南部的省份。巴塔哥尼亚指南美洲科罗拉多河以南的区域。

出现

就在那里，她赤身出现
在雪与火间，在战争与露水间，
仿佛在飓风的屋檐下，
一群迷途的鸽子展翅飞起，
其中一只落入罗多的胸膛
她的白在那里迸现。

战争之后

战士罗多
自大漠的狂沙而来：
他活在绿色长矛的时代，
骑兵的雷鸣，闪电的方向。

鲜血是可怖之人的旗帜。

死亡以广袤之姿令他哀恸
似夜间的大地，
直到他决定献身于寂静，
未知的深渊，
为新的国寻找土地，
寻找洗净鲜血的蓝水。

（智利的尽头，星球绽裂：
海与火，浪花的法则，
火山的搏动，风的锤，
斩断地与水，将之分隔：
磷岛，绿星，应邀而来的海峡，
簇拥的丛林，喑哑的峡谷：
在那冷香的世界
罗多建立了他的国。）

雕像

他的七十个女人化作了盐，
在自然、火与恨的修道院里
罗多望着
森林的夜色中散落的雕像。

其间是为他生下流浪儿女的人：
红色的尼俄伯▲，失去声音和双眼
矗立在她雪花石膏的遗忘中。

还有被囚者，柔弱的拉玛，
和长发无尽的贝雅特丽齐，
当她梳头，整个拉亚卢卡都下起雨：
绿色雨水自她头顶落下，
乌黑的丝线从天而降。
而拉玛，偷水果的女人，
攀登席卷一切的风暴，如同爬上一棵
挂满苹果与闪电的树。

还有亚比该、特蕾莎拉、达佛涅、莱欧娜，
杜尔塞卢斯、露西娅、布兰卡弗洛尔、洛雷托，
卡斯卡贝拉、克里斯蒂娜、德尔加迪娜，

▲ 在希腊神话中，尼俄伯声称自己的子女比女神勒托的更多，自己更应该受到崇拜，因而触怒了勒托的两个子女阿波罗和阿尔忒弥斯。尼俄伯的十四个子女皆被阿波罗和阿尔忒弥斯射杀，她的丈夫因过于悲痛持刀自尽，她在子女和丈夫的遗体旁流着泪化成石头。

LAS ESTATUAS

恩卡纳西翁、雷梅迪奥斯、卡塔利娜、格拉娜达，
佩德罗妮拉、多拉莉萨、多拉达、多洛德娅，
石英拱顶下，
哑默的、含铁的、被雪烧灼的她们
躺卧着，或是抬起覆满地衣的双腿与胸脯，
被蛮横树木的根系啃噬。

孤独

罗多沉入孤独，在死去的女人间，
疯长的藤蔓覆满他的心：
他对那些辉煌一无所求：
他对毁坏的雕像并无责咎：
她们陪伴了他的过去，
她们生出形状，
如玛瑙的山，
如丛林瀑布的躯体：
某种执着以闪电摧折一切，如同海洋。

但他带着使命来到阿劳卡利亚：
丛林的健康；第一个人类
纯洁的效力与首要职责
只有无尽的孤独。

大地

特拉伊万的枝叶上
火烈鸟缓慢飞往
皮奇瓦尔和隆戈莱奥的水域。
朱鹭以汤匙的歌
装点大洋水系的甜美，
啄木鸟在山毛榉上
以露水传发通信，
美洲狮睁开眼，散布恐惧：
万物生活在死一般的寒冷丛林，
每处阴影里都酝酿着飞翔，
爪子居住在根系间。

LA TIERRA

爱

罗西娅赤裸在纷乱的庄稼丛，
蓝白的罗西娅，花瓣柔软，
大腿白皙，头发乌黑，
展开自己让罗多进入
一声呻吟或响雷
显露大地：
湍急的河水向月亮致意：
对立的血脉相融。

突然间，山脉的巨人
与雪的芬芳之女
自觉赤裸，命中注定：
他们重成为两个迷失的纯真者，
被火蛇咬伤，
又孑然在最初的花园。

新一日的霜在草地上盘织，
凝结露水的婚礼银器
盖满罗西娅世间的广阔床铺，
她在梦间再次开合她的欢愉
让罗多穿入。

如此，冷光里繁育出
内部的新世界
似野生的蜂巢
人类的起源再次溯回
逝去年岁的秘密河流
去浇灌，歌唱，颤抖，建立，
在火山与磁石
强大的白色阴影下。

发现

创建者停下脚步：绿色的罗西娅
如一片月亮：
黑夜里横卧坠落：
树叶间的赤裸寂静。

罗多再次陷入爱的磨难，
带着隐秘的愤怒与痛苦：
她眼中的每一丝阴影都似轻蔑，
他田野女友的怡然
让罗多对幸福产生怀疑：
柔软的她为谁留存了苔藓般的柔软？
她昔日的双手为谁而在？
她闭着眼的时候在想什么？
他请求占有她的身体与蜜糖，
她的每分钟与每根发丝，
占有她的梦和眼皮，
占有她的性直至深处，她勤劳的双脚，
她的整个过去，她的明天，
她雪上的轻细印记，
而在毁灭他们的贴合拥抱里，
他越是占有她，吞噬她，

却似乎更少地享有她，
仿佛那个林中的情人，孤女，
散发木柴香气的随性姑娘
在脚下破开井口般的伤
那里落下他带给世界的雷。

罗多承认他的败北，
在罗西娅的嘴上亲吻他狂野的爱
而她颤抖，仿佛
一道金色的闪电点燃她的性，
大火蔓过她的灵魂。

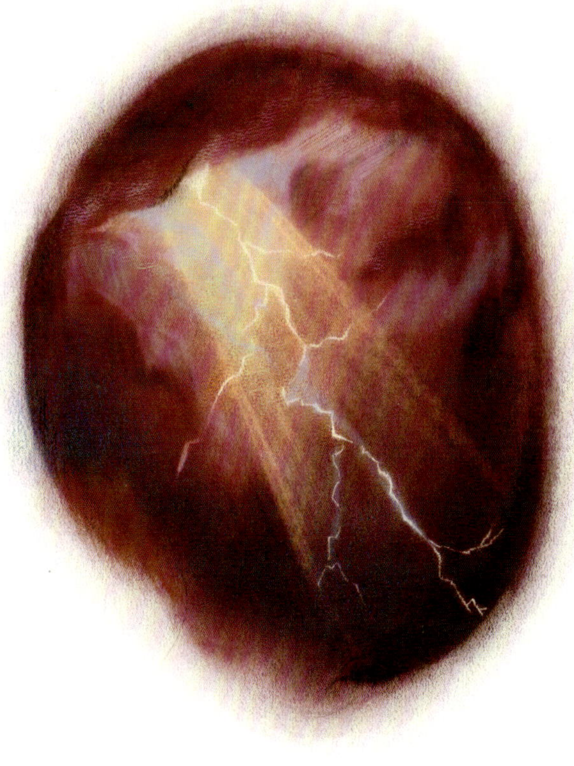

野兽

他们彼此渴求，彼此实现，彼此毁灭，
燃烧，破碎，脸朝地落下，
两者相融，至死搏斗，
他们互相纠缠，互相追逐，互相憎恨，
互相寻找，互相以爱摧毁，
再次恐惧，咒骂，闭上眼睛否认，
却重新爱上对方。罗西娅的拳头
捶在夜的墙上，无眠，
罗多在他残酷的城堞上
监视着醒来的野兽的危险
知晓自己流着美洲狮的血，
在他无梦的夜里，有垂死的狮嗥叫，
清晨带来他赤裸的女友，沾着露水，
似雪清新，似一只鸽子，
仍在爱恨间徘徊，
两个无定之人再次焕发光彩，
啃咬，亲吻，拉扯向床，
怒火在那里昏厥。

LAS FIERAS

男人

一百三十岁的老人罗多。
没有年龄的罗西娅是一颗石子
苦涩的纳韦尔布塔的风
也会将她打磨如完好的杏仁：
美丽宁静，似一颗白石
在千年罗多的怀中。

知识

女人，野蛮的先生问，
为什么我们知道自己赤身裸体？
所有果实都属于我们，
七座狂暴的火山知晓
没有你的眼睛我无法生存，
没有你的身体我陷入痛苦，
没有你的存在我迷失方向。

现在，没有墙壁的城堡，
盐的瀑布，柏树间的月亮，
狂暴根系的丛林，寂静，
星辰满布的昏乏，
空荡的、水的、火山的孤独
我不顾且反向自身而寻的孤独，
苦涩的王国，风雨飘摇，在阳光和雨水之上，
有过去的已逝雕像
和火把树上的蜂群里春天的响动，
窜鸟的歌声钻过的密林，
似欢笑、啜泣、呼吸或遁逃
还有拉伦的雪山，可怖的群岛自那而始
带着寒冷的钟声，

EL CONOCIMIENTO

我的女人，玫瑰夏娃，玫瑰之花，
它们离我而去，因为我们知晓。

这是生命树的丛林。
每株植物的每一簇，每颗野果的重量
骤然滋养我们，我们赤身裸体
直至死于爱和痛。

罪

磨难似黑色血液
在血管里无尽涌动
当欢愉从生命树上落下：
那里是不幸之爱的两个可怕儿女
丛林中
石头与藤蔓突然聚合，
为了在叶间将他们无声淹没，
为了让他们每一吻都饱受折磨，
为了将他们推向冰封的出口。
他们开始逃离，彼此呼唤，
站起互击，跪地相爱，
啃咬心爱身体的每个角落，
无情地互相伤害，直至每日死去
被敌意的森林环绕，他们并未了解
彼此的共同点，并未幸存，
他们品尝的某物灼烧他们的血，
而自然，雪与夜
将之追赶，从雪到雪，自夜而夜，
从火山到火山，河流到河流，
为了给他们生命，或将他们一起毁灭。

诗人发问

旅人，讲故事的人现在问你，
如果上帝并未造访他的巴塔哥尼亚，
如果在那里，在最后的伊甸，苦痛者的伊甸，
天上无人端坐现身，
那么是何人或何物，雷鸣，树木还是伪神，
对柔情之人降下惩罚？

EL POETA INTERROGA

幸存者

大地上发生了什么？
在最末或最初的人类身上？
这土地是悲惨还是幸福？
为何再次创设人类？
为何太阳在枝杈间跃动
而后以鸟儿的喉咙歌唱？
风问，我该做什么，
麦子问，我为什么要变得金黄，
既然在没有手与口的地方
无须面包：
尘世空荡
在人类之外
或人间等待：
所有战争杀死我们所有人，
不曾有任何幸存者。

从第一场石头的战争
到刀剑
到火焰
无人生还：
死亡想要更多口粮

便再次创造撒谎的人类
他们带着各自的机器
再次互相杀害，再次杀害我们。

该隐与亚伯数次坠落
（被杀了百万次）
（百万的颌骨
与损耗）
死于手枪和短刀，
毒药与炸弹，
被卷入同样的罪
每次都流尽所有的血。
没有人能活下来
因为被杀的人亦有罪
他让兄弟变成了凶手
而凶手已经死亡：
杀死兄弟时，
那最初的战士也死去。

孤独

罗多抛弃所谓过去
于是不再是罪的帮凶，这罪，
他曾是亦不是，是他者的，所有人的罪，
当他被血染红
遥远或曾经或现在或未来的血，
他冲破时间，抵达他的命运，
重新成为灵魂未染鲜血的第一个人，
并不逃离：就是这么简单：
最初的人再次孑然一身，
因为这次无人爱他：
黑暗的街道，
破败的宫殿拒绝他，
他已不能进入城市
因为全世界都已离去。

没有人，没有人再需要他。

他已不知面包房里剩下的
是面粉或灰烬，
大火后的市场里
是鱼还是蛇，

被遗忘在沟渠里的骸骨
只是炭渣还是被烧死的士兵。
复活者吃下领土，
受伤的春天，煅烧成灰的省份：
他并不害怕，他已
走出自我：
他是死亡的新造物，
是一口破钟的声音
焰火般鞭笞着风，
他被判处
活在黑色空气之外：
因为这人没有天空
他寻找秘境中
盘绕的绿玫瑰：
那里无人曾杀死一只鸽子，
或蜜蜂，或一朵晚香玉，
烟色的狐狸与鸟共饮
在榛木原始的宏伟下：
信天翁统治着坚硬的水域，
啄木鸟在寒冷中劳作
一条舔舐星球的清亮巨舌
自火山落向冻土。

荒凉
王国

看看罗多的荒僻之地，
罗多，创建者，
他的行动，谵妄，
在叶与兽之间，
水与孤寂的乐园
还有旧爱的雕像，
甚至他的梦也将他遗弃：
直至男人只需要女人
他如影子蹲伏
在被诅咒与遗忘的捕猎技艺中。
她无法从他的身体中诞生
因为他的天空无人统治。
他是自己的绿色天空。
密林之王
变成乞丐。
他在林中探找爱情。

一切就这样发生。

某人

他移动着，他是人类，
第一个人类。
他生出眼睛为了保护自己。
他生出双手为了保护自己。
他生出头颅为了保护自己。
然后是脏腑，
为了留存自己。

他因恐惧而颤抖，孑然一身
在光与影间

有什么掉落，似腐败的水果，
有什么在光里奔跑，似爬行动物。
他生出双脚，为了逃跑，
但新的威胁出现。

他害怕至极，于是遇到一个女人，
她像刺猬，像一颗栗子。
她可以食用

ALGUIEN

但那个男人需要她
因为他们是大地上
仅存的重生者
他们必须相爱，或是毁灭。

解放的罗西娅

无人知晓，黄金城
在丛林中倾塌，恺撒城的居民
死在自己城堡的金属重压下。

地震击碎骄傲，
丛林再次以藤蔓和根系
吞噬金色的辉煌，
如海在浪中掀起苦涩
大地也扬起它的阵痛
恢复纯净的空间。

只留一片空白，如金戒指
从死去的手指上滚落
征服者们不曾抵达的
隐秘城市：战胜了贪婪
却被大地吞没。

金色的瓦砾中现出灿光，
唯一的幸存者，山野的罗西娅，
逝去王朝的皇女，
熟稔丛林的果实，

ROSÍA LIBERADA

有着透明的手和金色的乳尖。

她逃离被毁灭的城市，
穿过汹涌的海水，
折断荆棘茂密的敌意：
沉睡的树木，利齿般的巨石，
硬毛的动物，岩浆的白焰，
一直走，直到回归纯净，
回到树叶间消失的动物之中。

二

复活者，古老的男性
闪光的年轻女性
是丛林中的两个敌人，
相互纠缠的两条龙，
夜晚，跃动磷光的四只眼睛
相互惧怕，怨憎与爱
吞噬他们，让他们无法入眠。
他们彼此呼唤，透过万千片叶，
透过萦绕森林的寂静。
他们彼此呼唤，如根系呼唤彼此
黑暗中向着对方生长。

一切都荆棘丛生而滚烫。
世界是恐惧之杯
迈向另一双脚的脚
或以吻揭开黑夜的嘴唇
发现了阴影的密实坚硬
恋人渐入歧途，
不曾知晓自己属于对方：
不曾在迷狂中
互相品尝，互相啃咬，彼此烧灼。

噢，可怜的两人，男人和女人
注定重为一体
却浑然不知，树丛下
浑然不知，新洗净的南十字星
挂在他们头顶
他们彼此伤害而浑然不知，
敌对的爱在那里将他们点燃。

南方的冬天

那个铁色冬天
无情落在南极的太阳上
熄灭最后一丝光亮：
石头与枝叶着上雪色，
孤僻的野兽随着地底的击打
钻入黑暗，
黑翅的雨水
落在罗多与罗西娅的屋顶。

河中满是残迹，木头，
烧焦的树根，散落的马匹，
巨鸟的巢穴，河流运送它们，
似要带去另一个星球。

风暴没有勋章：
只是无尽的天空，没有闪电，
不会推移，似一堵墙
在狂暴中安宁，
似巨扇的金属枝干
在被风敲打的鼓上展开。

INVIERNO EN EL SUR

复苏的伊甸在悲哭中颤抖，
细缩如小提琴的谵妄，
威胁如丛林的牙齿，
有着地域水泊的野蛮双眼，
注定重新繁育王国的两个人
彼此相拥，静止在世界的惊怖下。

爱

没有人比他们更了解彼此，
命中注定的人，最末的人，找到彼此，
除了他们自己，再无同类，
没有人会想到，在远离起源之处，
一个女人和一个男人重建了大地。

恋人在全然的孤寂中
被自然的仇恨与风暴侵袭，
他们在黑叶下忍受着，继续
寻找外部的无尽明澈
直至唯有在自身与自身的火焰中
身体相贴，在拥抱与亲吻中
渐渐探出似生命般漫长的隧道，
他们由此相连，被封在唯一的路上，
惊慌，受伤，被森林窥伺
它以恶意的眼睛窥探
直至他们继续坠入欢乐
骨骼中载满大地之重。

EL AMOR

惧与爱与痛袭来
他们自一场又一场大火中醒来，
无知无觉地行走，直至迷失方向。

建设者

罗多，重建者，幸存者，
罗西娅，失落土地的玫瑰，
他们未曾设想超越人类的职责：
坚持，建立洁净的王国，
一步步挖掘，
抛弃过去，重建
再无鲜血或余烬的辉煌。
但山脉的苦涩伊甸，
河流的狂野纬度，
七座火山的覆雪威胁，
再次张口的空间
吞噬他们，将之带入荆棘苦刺
像没有军团的海战，
没有鼓声，唯有雷鸣，
向前往后，升起落下，
这王国挺立，伸向极地，
而他们，孤独的两个人，颤动，迷失，
在主权的浩瀚无垠中。

LOS CONSTRUCTORES

处子

她对他说：我是金城的金石，
我是纯贞的木，
我是朝露。
我是秘密城中最隐秘，
我是雨林的狐，闪电的兔。

我在这里，比铜墙稳固
由藤蔓或爱托起
被你男性之手生出的波涛
涌起，席卷，拍打。

当你创造世界，
你唤我成为女人，而我到来
带着新生的感官。

我不曾知晓我有鲜血。

自你的碰触，我成为女性
你让我生长，仿佛是你
让我降世，因为若不是你
从哪里生出

我来自你双眼的眼睫，
来自你饥馑双手的胸脯，
还有我的躯体
初被点燃直至将我烧灼？
我的声音不是来自你的嘴唇？

我不是你寂阒的水吗，
被林中的腐叶填满？

我不是树上脱落
不知所终的一片树皮吗，
注定孑然失落，孤独芬芳？

噢，罗多，抱紧我直至将我吞噬，
在黑暗森林的繁叶之下！

是你的爱，如地底的雷
我已不知我们是开启了世界
还是正度过时间的尽头。

亲吻我，直至疼痛，直至我死去。

严冬

这是大雪独落草原的季节，
坚实的呼啸击打南半球的火山
当风张大喉咙
南山毛榉的雨在一片片叶中哭泣。

爱靠近，没有窗没有墙，
仇视的夜，馥郁的孤独，
丛林敌对的枝条，
残酷而洁白的梦的草原
高处，似严酷之神，
火山开始淌出鲜血。

雪，阴暗的血，疯狂的火
环绕最末之人的住处
那个自毁灭的王国逃出的女人
那个离开去建立骄傲王国的男人
突然在爱中孑然孤寂。

被可怖的幸福压覆。

EL GRAN INVIERNO

阻碍

因为空间倾轧
将他们埋入一体，
埋入被追逐的整片火，
爱从未如此孤独
似乎比起重新创造世界，
不若说，男人和女人注定在那里
如两只饥馑的鹰吞噬彼此。

因为有太多苦涩的地理，
王国，土地，发现，疲倦，
似是自然的诅咒，
他们成为被弃的神，
被闪电的怒火击溃，
被敌对的爱意夷灭。

锁链

他们言语，只为在呼喊中相互渴求，
他们前行，只为彼此靠近并跌落，
只触摸对方的肌肤，
只啃咬对方的唇瓣，
只看向对方的双眼，
燃烧的并非火炭，而是他们的血脉，
而残忍的王国颤抖，
巴塔哥尼亚的风愈加严酷，
冰雪无情的苹果滚动。

这对恋人一无所有。
他们是自身激情的囚徒
被囚禁在自己的伊甸。

向着孤独的每一步
都戴着锁链而返。

所有果实都被禁止
而他们将一切吞噬，
甚至是自己鲜血的花枝。

罗多的话

罗多对她说：我已坠入
你莫测的澄明。我看见
在我身边，如在水中，
水晶之下，另一颗水晶。

我淹没在水晶的井中。

你为什么来，从何而来？
你现在不能回到
黄金城的灰烬中吗？我该去哪里，
如果没有你，如果世界终结？

若你的安宁不会给我安宁
我该如何对待上帝的焰火？

若我的孩子不从你明净的腰腹诞出
我们要把什么幸福给予大地？

我，罗多，摧毁道路
以便不再归去。
寻找并热爱荒芜的平静，

RHODO HABLA

以城堡和幻想的爱将之填满，
直到你，血肉之躯的夏娃，
尘世的罗西娅，润养的玫瑰，
赤裸，无定，孤独，你出现，
我不曾呼唤你，你隐匿的美
走入我野蛮的床铺。
　　　　我背弃你
重返你的死城
回归你燃尽的权势！

罗多继续说：
不要将你的身体与我分开，哪怕一分钟。
栖在我的双眼，骑坐
我的鼻子，让你的头发
沉睡在我双腿，
让你的手指永远缠绕我的欲望，
让你的腰腹在我之下起伏
直至血的火焰落到
你的双脚，被束缚的女人。

罗西娅的话

罗西娅，柔软野性
无言对罗多说：

我生于你的爆裂。
从你的一道闪电来到世上。
我的头发是黑夜，
是混乱，是孤独，
是不属于我的丛林。
我的男性，你的影子宽阔
你锋利的阳光将我探照
从双脚到额头，小小的月亮
将你等待，我的爱，我灵魂的发现者。

罗多，你不是一面巨镜吗？我从中照见自身
第一次知道自己是谁。
不是一枝危险的荆棘，
不是棘刺上的一滴血，
而是一棵完整的树，果实显露。

当你，第一个人类，将一只手
休憩在我的腰腹，

HABLA ROSIA

当你的嘴唇初识我的乳尖
我不再是被弃的一滴血液
或落在路上的一枝荆棘：
我身上的枝叶扬起
音乐流淌在我血液。

罗西娅
接着说

罗西娅接着说：我清楚地看见自己，
看见自己是绿色的，在镜子的水中
知晓自己似大地宽广
为了迎来你，我的尘世之人。
你像一面镜子反照大地
绵延的土地与痛苦
我不知疲倦地从你眼中看自己
在你通航的宽阔血脉里旅行。

噢，浩瀚的爱啊，我为你带来
焚毁之城的芬芳与幸存者的甜，
她在已落幕的世界的密林中
寻不到任何人，独自流浪
带着我的遗产：沉重的纯洁，神圣的灰烬。

谁会告诉我世界正终结
而我们身上再次开始
爱的惩罚，
被知识摧灭的簇簇怒火？

罗多的话

罗多说："或许我们是两棵树
在风的摧折中傲岸，
在孤寂中坚韧。
或许我们应该在这里
向着大地生长，
将爱浸入隐匿的水，
寻觅最后的深渊
直至将我们掩埋在我黑暗的吻里。
让根系引导我们。"

但这是为了开始还是终结？

我知道，我的爱，你的永恒属于我，
我们被度量，被追逐，
成功到达这里，
但这是生还是死？

爱会将我们带到哪里？
若这庞大的孤独窥伺着
想要将我们隐藏，将我们揭露。

HABLA RHODO

当我们融化，
穿过镜子
到达惊人愉悦的最宽之处，
当你与我应放弃
曾哺育我们的失落王国，
当我们发现
这崎岖属于我们，
我们已注定坎坷，
大地，水域，天空，火焰，
你，孤独的你，我的小坏蛋，
从林里逝去黄金的女儿，
我，你幻灭的创造者，
模仿上帝的可怜魔鬼，
当我们发现自己
被烧灼我们的苦涩火花点燃，
它是要吞噬我们，
要再次创造死亡？

抑或我们是
错误的不朽生物，
蜜里幸存的新的神祇？

地上无人听见我们。

他们都已离去，而这是幸福。

现在，我们该做什么？为了聚起
蜂群，牲畜，失落的人类，
从我们可怜的纯洁中
为与我们相似的
被追逼的，荒芜的，逃亡的生命
分出另一块面包，另一丛不泣的火焰？

从今日起，我们的梦将交与谁？
我们该去哪儿从他者身上找到自己？
我们来这里是生存还是毁灭？
在我们受伤的爱里
生命应释出果实的光辉
还是从根系沉入死亡？

悼亡者

罗西娅，合上你旅人的眼睛：
疲倦的姑娘，松开光，点燃酒：
入睡吧，让你梦的叶子落下，
紧闭双唇，让我吻你的沉默。

我只爱过被我变成雕像的影子
我不知道自己并未活过。
我的骄傲将我慢慢变成石头，
直到你，罗西娅，赤裸醒来，
唤醒我的血液与职责。

我离开山脉悼亡的国
明白自己又将受苦。
尽管你的爱让我重回磨难
但它打开纯净幸福的门
让我们发觉自己已坠入
最艰辛最荒野的花园。

剑已
备好

火山诞生时
不知自己名为死亡。
它伴着雷鸣生长
大雪纷飞
落在它头顶
如一群死去的鸽子。

在那生长，生长，
越长越高，越高，越高，
蓝色的身躯
似漏斗
现在，它是君主，
一顶皇冠，
环饰，或水的玫瑰。

在盲眼的地里，
含铁的时间
劳作着，
准备着硅石，
硫黄与暴怒：
一切都是燧石，活的脏腑，

细胞的搏动，火的利爪，
一切都沉睡在
恐怖铁匠铺的威胁中。

积聚了熔岩的波涛，
确立起章程：燃烧的钉子
石头到石头的军队
直冲天空的黑色火山，
将要落下的白色火山，
红色火山，地球的主宰。

哭泣

为何罗西娅双眼湿润
好似望穿雨雾？

为何像两颗水中的石
掩盖她喜悦的光彩？

那苦痛从何而来？

是无形悲伤的重负？

罗西娅听到低沉的哀叹。

在自身的隐秘存在里
她听到钟声渐响
水在她深处嚣动。

罗西娅双眼轻颤
似被囚的两只巨鸟，
似两滴哀恸的光辉。

EL LLANTO

痛苦

向着海，向着海！潮水说。
向着海浪！不曾见过海的她说，
被恺撒城放逐的她。

她相信一座盐的瀑布，
相信一株广阔的树，枝叶横生，
相信一口鲜亮蓝色的深渊。
流浪者罗多了解这一约定。
终结大地的时刻。
黑色果实
从饥渴与痛苦之树上脱落：
他已无法歌唱着建造。

命中的她为何来到他身边？

为何他注定用于痛苦的力量
在爱中遭遇不幸？

他不愿开启世界。

他独自背负了数个世纪

若他躲过
堕落与焚灭之族的灾难，
若他经受了夜晚与荒漠的严酷漂泊，
当他迎上罗西娅的身体，
便再次感到孤独。
　　　　人类
安置了自己的命运
一位闯入的上帝将痛苦重复。

他已预设
他暗沉太阳与承续之月的血脉：
独自一人，为了不必重回人类之中：
他，可悲的永生者，身负整个世界。

但从林弃事里
失落的城堡而来的
金色的美好，
罗西娅，幸存的明澈，
来到堡垒，唤醒沉睡的人。

空间

但南极的丛林睡着
大地的脚步冰冷迟缓：
松柏的树梢互不言语
在枝叶交错的高处
缠绕成匕首的结
切割着宁静广阔的天空
它由蓝色、钢铁与敌对的火山构成。
伊甸般的冬天
滴滴落下
片片冷意地落下。

雷鸣落在恋人身上
似天空的惩罚。
是谁？他们自问
一道闪电落入石间。

上帝的手黑暗
手指粗硬，
不曾有过黄昏
有的只是它们失落的分娩：
从未到来的霞光，

诞生的美洲狮，
天空的针刺里
被迷雾包裹的惊怖。

火山

火山穿凿
山体的重量，
积蓄铁的暴怒，
磨蚀着，磨蚀墙体
形成垂直的河流。
往下，更远的下方，
火焰似蜜蜂劳作
直至点燃，升腾：

石与硫，星与泥，
黑煤和火药，铜
倾囊相授，熊熊燃烧，
但再往下
砂浆仍在寻找金属，
挖掘阴影与坯料，
积聚硬度。

还没人能听到
地下的鼾息：
没有一个雪泡
泄露威胁

然而，更加
更加下方，揉制着
烈火与痛苦：
火焰的面包房。

野性

枝杈间的光照下
罗西娅闪着珍珠与金色的光，
于是她突然
渺小，似草叶或青蛙，
绿色昆虫，丑陋的玫瑰
于罗多手中。
我是谁，
她自问，为什么我已迷失，
在这根系与枝杈的迷宫里
既非绚烂的果实，也不是
风起拂晓时战栗河水的歌声！

噢，痛苦，若我是大地上
最末之人，若我的容颜是怡然的春天，
而非湍急的磷火，
那才是罗多应当迎来的美
在他的王国，最后的伊甸。

我这样生活，摘下黄苹果，
骑着巴塔哥尼亚的马
脸颊并无茉莉或晨光：

南方的风以剑将我分开，
大雪摧折我的头发，
雨是我最好的衣装
若我在天空下赤裸生长
是我秘密的种族训育我的皮肤，
形成我金属与乡野的双手。

噢，亲爱的，我不会像牛奶娇嫩，
而是粗粝似极地的栗子。

但当你到来，一种绿林的芬芳
从我中升起，将我变成一朵玫瑰。

火山

与此同时，火山正寻找铁：
拆毁地底，侵入花岗岩，
熔化盐粒：
沉落，沉落空旷的底层
直至落下，到达，拾得
火红的鱼，或是烈焰的虎。

蓝色的花

罗多折下一枝花，放在她床上。
一朵堇紫的花，
半蓝，微张，
似深渊的眼，遥远的海。

罗多将这花放在罗西娅身下
她睡在蓝色的花上。

整夜，她梦到海。

梦中环形的浪携着她
来到蓝色的岩石上。

她在那里等待数年，数个世纪
在重复的泡沫
与抹香鲸的摇摆中。
　　　　孑然一身，
直至天空从她头顶降下
为她覆上一片蓝色的云。

从梦中醒来，她澄澈的臀股下

腿间有一朵温热的花：
她的身体是一束蓝色的光。

澄莹

噢爱人，我身下的澄莹，
噢柔软的你，剥离崎岖，
你是整个夜晚，有星座运转
与穿透它的光线之重。

你是将熟麦穗的安谧。

噢我的爱，现在请庇护和收留我
在这最末的婚礼岛屿，它颤抖
似我们与大地的心跳一起颤动。

噢爱人，腰腹如音乐，
冰冷伊甸中成长的胸脯，
山脉间行走的双脚，
噢夏娃罗西娅，王国只是等待
风暴的冰冷爆裂，野斑鸠的飞行，
而到来的却是你，
失落的君主，天空的逃亡者。

火山

喷火的山脉
安静无声，远在天边。

挖掘着，
吱嘎作响，
开始动身。
自火山口
向天空举起
可怖的酒杯
装满硫黄和瘢痕
硒与正长岩：
裂隙中
流下黑色岩浆
与长石，
火山渣的
粒状动脉，
泥浆里劳作
直到变成
雷鸣，
灰烬之柱，
天空的长尾。

燃烧
似我在缅甸见过的
笼中的黑老虎，
在罗西娅与罗多的床边
在无尽的风暴
浸湿的梦中，
欲要生出烟雾，
石灰岩融入初升的蒸汽，
火山呼吸，
盘绕，
以地下的爪，
以黄色的眼。

罪

有什么在果实里，
或在知识中，
一种症候，
一条啃噬的蠕虫。

罗多与罗西娅
披着褐色肌肤，寻找河流，
新造一条船，
似他坚固，如她蜷曲：
手指下
木料柔软：
纯洁的船，
落叶松与火把树，
石斧扬起飞劈。

船首似新月，
船身如断河里的鱼，
世上最后的恋人，
古老的亚当与流浪的夏娃，
罗多与罗西娅，在其中
睡入欢爱后的无瑕梦境。

LA CULPA

她枕着他黝黑的右臂，
他的左手搭在她胸间，
梦是
新船的水上航行，
穿过重复的水域
从深厚的冻土
到达不等待任何人的海洋。

然而他们并不知晓，
因为他们刚刚新生。

希望

罗多忘却过去，
蜜蜂，
战争的车轮，
蜜，血，
葡萄的哀悼。

人类打破时间。

世界已死。

他孤身一人。

孤身迎接
新一日的光辉，喧腾而广阔。

他逃离所有死者，
知晓命运
并不仅有孤独：

他必须捍卫他的两具身体
并延续大地的生命。

LA ESPERANZA

火山

总是夜
与巢穴：
落雨
洪水的雨滴，
天空的钟声：
七百个湖泊
翻涌，呼啸，
潮湿的烟，
绿色的下腹，
与柴火的气息占据世界。

太阳与它的潮汐，
月亮与它的梦，
海与它的铁匠铺，
它们去了哪里？

一个数字
在大地里增长：
如同可怖的胚芽
将石头置入寂静，
将威胁放入枝叶。

从百到千，
硫化物，污泥，
秘密的营火
十万倍增长，
有什么被碾碎，
火势倍增。

丛林

罗西娅独自醒来：
一种吞噬一切的矿物响动
靠近了她。水与乐声
和晃动之日的树叶
一同落下：
丛林之女迈开玫瑰色双脚
从铁色的黎明里跑出。

什么香气，什么响动，
什么数字正歌唱，
什么门扉将诞生
或噼啪作响？

似一团火焰
罗西娅，
是唯一奔跑的澄莹。

发光如燃烧的鸟儿。

船

罗多打磨桅杆，
削尖船首

你将碰触海洋，罗西娅，
唯一悸动的道路，
海的危险自由。

是的，
向着海
命运将滚滚向前，
赤裸的海，
无善，无恶，无罪，
没有审判，没有邪恶，没有尽头，
海。

LA NAVE

火山

火山拾起
下面的每一颗星，
捶打，直到它拥有
匕首的心，死亡的拳。
揉制熔岩的河，
探察烈火，
窥视硫酸盐，
颤动：
席卷一切的篝火
不过是种子，
太阳的，淌血太阳的
哀恸种子。
挖掘，
再挖掘，
没有火也燃烧
没有嘴却轰鸣：
一口沸腾的锅
没有水，没有蒸汽：
是闪电掩埋在
大地苦涩的子宫。

亚当者
的话

罗多说：我想要将你的头发播种海中。
你的头发是我航船的船首。

我想要让你的口放声风中，
我想要你的双臂拥着我：
两枝藤蔓。

我想要你洁白的胸脯在天上
似盈满露水的月。

我想要你的腰腹倚靠上帝，

我想要你的性，你海洋的根系。

我想要你的双腿是两片新的云彩
你的臀胯是六弦琴。

我想要你的十个脚趾，
我每天吃掉一个。

HABLA EL ANÁNICO

火山

锋利的山
山尖
悬着星座，
细小粉末的环饰，
或许是云，星球的加冕礼，
是激情，是鸽子，是月亮。

火山之上
一个永恒的存在。

一颗星在那里颤抖，
天空最高的星，
或是极地阴影
坠落的幽灵，
南极之心的衣裳，
晨光的结霜树枝，
换装的黑夜，
或仅仅是轮圈，
纹路，线条，
一个星号，
一颗钻石，

或是一场战斗突发于
黑色的闪电
预言
或蓝色的混沌与钢铁。

噢，美洲的
无名群山，
覆满怨恨，
矿物，
与地底的熔岩！

噢，寂静正等待
散溢，蔓延，
走向毁灭
与新生！

海

从她凝滞的无知无觉中，
罗西娅说话，但没有张开口：

我不认识的海是我自己
或是我遥远的存在
显露在恋人的怀抱，
在他身下，
当我感到自己深处
涌起巨浪
仿佛我是海的主人，
我不认识的海，我自身的海。

这盲目的频次，
重复的高潮
将我杀死，给我新生，
波涛爆裂
回归，涌起，上涨
直至光线崩毁
而我坠入虚空，
坠入海：

我从我小小的深渊
涌动海浪，我是它们的主人。

EL MAR

动物

植被间隐藏的
绿色蜥蜴，
双头狮子，
泥潭中诞生的
特里贝利亚
嘶鸣着穿过前夜，
或回溯起源：
去往血脉的巢穴。

那里，波利塔拉莫斯
从黏土中
聚向合唱的建筑，
但冻土的哀恸蝾螈，
寒冷之子，
披着天鹅绒搏动
消失在丛林里。

阿斯特罗兰德飞起
羽毛叮当作响
用它金属飞行的
橙色剪刀

剪开光芒。
孢子伸展
柔软的木环
张开火山蕨类的
巨大手指。

斑岩在锻造，昆虫
攀爬并张开新的翅膀，
幼虫打破结构，
动物发育。
植物吸收光，
湿气靠近火焰，
矿物融合，
猩红的太阳出现
鹿取出它的王权
在叶间闪耀
一种生长的低语
让乐声充满大地。

逃亡者

罗多与罗西娅：这是寻到的两人，
迷失的两人，在场的两人。

为什么？他已非胜者或败者，
而是发现者，在崎岖中，
在广袤中，在边界的尽头，
在被风吹斜的极地，
再次找到一只细小的手，
被荆棘短暂划伤的躯体，
一个外来的女人，
或许是再次从他身体或梦中走出的女人。

她是否来自那座恺撒城
交织着世界起源
或是温柔寓言或故事的地方？

她是谁，毛毛虫或花，蝴蝶或山茶？

而他自己，孤独的创建者，
必须放弃领土，
必须扼杀自己的孤独，
他最后的建造，他苦涩的国？

LA FUGITIVA

两人

她，伐木人
烈火中的反叛之焰，
黑暗中微亮的灯，
她，短瞬的人类，女人，
应该坚持还是毁灭？

罗西娅，未曾见过海，
逃出堡垒的处子，
为这个哀恸的男人诞生或幸存？
他满身根系与回忆
亚当
来自人类悲惨的战争
化为尘土的国家，
满身伤痕的城市，
罗多，最后一次逃亡的英雄
在自己的星球发现另一颗星球，
这是他血脉的开始还是终结？

他们为什么活下来？
自由在哪里？是这孤独
冰川覆满钟声，瑟瑟作响，

打破冻土的无边胸膛，
是这空间缠绕，敌视，开阔，
他的伊甸，他永恒之地？
还是朝向海洋，
朝向广阔的光，
勤劳的她，罗西娅，新来者，
应该迈开她野性的脚步吗？

死与生

林中的罗多，他在哪里，
森林便在此缺失。
她或许在蕨草背后，
或许封闭在自己内部，
他中的她，封印在他之内，
分割成纯洁的石头！

他们为什么，又从何而来
来体验这垂死的爱？

她是谁，为何而来
若是那个没有命运的男人将她等待？

若是那风暴之女
属于一个倾毁的世界？

什么是痛苦的罪
为什么两个被放逐的人一起
重被带回欲望，
被投入惩罚？

该期盼从他们身上诞生
一群孩子，延续人类与其战争吗？
苦涩葡萄的继承人？

迷失

噢，我的爱人，靠近我，远离我。
来吻我，来与我分离。

来焚烧我，来分割我。
来终止我，来我的迷失。

来吧，噢，爱人，不要爱我，来毁灭我，
让我们用湮灭的幸福
锁住灾难。

火山

林中的巨兽
美洲狮，原驼，
聚集的鸟儿，
游蛇
青蛙，斑螯，
蚯蚓，黄蜂
苋草，
蚂蚁，狐狸，
蜥蜴
感觉到
地底的烟
增长，
它们已获知
先于男人或女人，
它们已获知
在风知晓之前：
在他们的翅膀下，脚下，光滑的身体下，
在他们的腹部，羽毛和鳞片下
有什么在增长：
香气，
磁性的气味，

VOLCÁN

爆开的玫瑰，
大规模的掩埋：
有什么
振动，重生
在密林中，
在丛林的耐心里。

煤，红色石英，
矿物，
硫黄或石灰质的光，
劳作着，
而蜜
将之告诉蜜蜂，
蜜蜂重复给
火把树的枝叶，
叶子告诉根系，
根系告诉水，
水，告诉
冻土蒸腾的光晕，
后者告诉冰，
冰告诉露，

露告诉草叶
而草叶，世界的微声，
告诉了女人罗西娅的双脚
罗西娅的双脚
敲响黑暗的钟
钟声飘向女人罗西娅的心脏
注满恐惧：
是黑暗的鸣响，
来自欲燃的地底，
来自追逐她的黑暗。

恐惧

找到罗多，她说：我害怕。
我以地底的所有恐惧爱你，
以惩罚的卑劣爱你。
我害怕，
害怕准备啃咬的
罂粟，
害怕闪电，它在火山隐秘的树上
预备它的毒蛇：
我害怕成灰的纯洁之日
那骇人的光。

我们要去哪里？
我们为何而来？

昨夜，罗多，你将我独自留下。
对我而言，只有回忆还不够，
并不只是缺少
你的怀抱：
我需要你的身体
亲吻我的身体。黑暗里
万物离开我的梦境。

EL MIEDO

是哭泣的丛林，
是预兆的动物，
和你，我的爱，我的爱人，
你睡在
哪里？
在这威胁下，
这淌血的月亮下？

船

罗多举起一只无形的手。

“船呼唤我，
惊惧地对我说：
向着纯洁的水
向着重复的盐，
向着风暴，
出发吧！

但若是
复仇火山的手落在我身上，
旅程将是火花的仪式
燃烧并落入
火焰的手中。”

船这样告诉我。

我睡了一整夜
在船和冰冷的星之间，
等待着，
直到巨大的寂静将我归还你的生活，

LA NAVE

回到住处，
我没有离开，等着
火的决定。

火山

没有白昼，光线，什么都没有。
只存在寂静，
绿色的等待。

丛林收回它的语言
声音逃入密林。
无可比拟的惊骇。
希望之绝望。

谁？
谁会到来？
烟吗？

为何黑甲虫
躲入一滴月光？

为何连石英也颤抖
不将打磨的光
放入它透明的目光？

为何啮齿动物

VOLCÁN

疾步远离，
成群的朱鹭
以金属双脚叩打天空的门扉？

逃亡

这对恋人向大地发问：
她以继承自鹿的眼睛；
他以路上磨损的双脚。

他们从树林的一边走到另一边，
寻找危险的边界，
在夜里窥视每一颗星星
为阅读跳动的文字
向风询问烟。

赤裸之人的流浪生活
长满青苔，很快
是爱的相会：
他们行过国或云的距离
只为躺下，联结，离开，
缠绕在新的距离里，
在白色之口的危险中，
那白色的口，有高处所有的雪，
欲与火舌交谈。

LA FUGA

蓝鹰

蓝鹰有透亮的飞行。

人类！我只为奇迹征召你们。

这生灵居在光上：
双翅似两颗子弹，两根马刺，两支箭矢
携着鲜血和花粉上升
鹰是黄纬一线。
它的旋风升起，打破天的灵魂，
吞噬微不足道的高度线
无论光点或流星
或速度径直的眩光
都在空中凝固，僵硬，
蓝色羽毛收起
恢复成蓝色。

就这样消失在全然的光里
纯净的鸟，环的中心，
宇宙的眼，天空的鱼，
自根系延续
呼吸，方向，生命。

ÁGUILA AZUL

它垂直飞行，灵魂狂暴
直至达到透亮的平衡。

火山

火山是向下生长的树。
顶尖有雪的根须。

但下面建造枝叶，
叶挨着叶，硫挨着硫：
矿物磨成花，
一瓣瓣深沉的焰，
枝条于坚硬中
沉陷，
挖掘，要让火绽放。

向下生长，生长
燃烧的活木，
熔化，增长，
铸造着
惩罚之剑。

奏鸣曲

罗西娅，我爱你，我缠绵的人，
森林的蜘蛛，林间的月，
灾难里孤独诞生，
尖刺中的白桃。

我爱你，从爱之初
到世界的终结，直到死，
我在职守中爱你，
当白昼抛去金装
我在它留下的孤寂中爱你，
我不知是否生活就是找寻你
当我只身与风相伴，
与巉岩相伴，在山脉间，
草地上，或是你到来
是为了死亡的准定。

因为原初的爱，你的双手
从大火中前来撼动我，
从永久失落的城市
无人居住，无你的吻。
噢，巴塔哥尼亚被爱的花，

SONATA

阴影的少女，幽暗地区的
明净钥匙，水的玫瑰，
玫瑰的澄莹，我的女友。

我问，若我的国已经
在你身上结束，我们缠绕什么，
为放弃，为开始，为存在，
若日子的期限正临近
我们的爱，让我们赤裸，
永远孤独，永无他人
是幸福或不幸？

但我有你就足够，如林中
一杯为我而设的水：
请靠近我的嘴，透明的你，
我欲喝下照亮你的光，
我欲留在你的眼中，
死在你发丝的哀恸里。

火山

火山的黑瞳
有铁的泪，
红爪将之释出，
动脉长久跳动，
歹毒机械的利齿：
它的预谋也炽烈。

行星分娩的愤怒
在苦痛中存备，
狂怒的卵巢里
雷霆欲爆：
熔岩在碗里沸腾，
石头的虎咆哮，
蓝色的地底燃烧，
无形的裂缝
泄出烟的硬缆
似要系住
无定与恐惧；
于是大地震颤
预演黑暗的鼾息

VOLCÁN

它将喷涌
以火和光。

一体

去大海！罗西娅说，
去我不认识的海，
去沉没我爱的锁钥，
去在海浪下再次找寻它！

今天不要靠近我，男人，
不要来我身边！
今天让我在黑暗里
寻找自己。

你为何爱我，罗多？

因为我是唯一，
来自我的孤独
走向你的孤独？

是谁策划规算？
谁救我于毁灭的城？

谁在黑暗中命令我
前行，前行，磨损眼睛与双脚，

穿过自然
无声的脉搏，
石与刺，利齿与缄默，
直至抵达你，被放逐之人？

我是最后的女人：
墙倾倒在我的死者身上，
因此我们是最后一对，
直到我在你无限的度量里
进入我的怀抱，
或许我们是最初的，
最初的两个生物，
最初的两位神祇。

火山

寒冷中两人赤裸，
恺撒城的孙女，
农妇，
自大地与战争中
逃离的惊惧者，
不可能之王国的创建者，
看见星球震动。
世界颤抖
似孑然一叶：
埋没的
雷鸣：
沉钝的
呼喊：
大地的
鼓声：
巨响
从下方传来，
从何处？
环绕的声音，
苦涩巨口
或逝去钟声里

VOLCÁN

一句宣告，
于是
火山的杯盏
被火焰，光辉
或铁的酒
点亮，
先是熔岩的
一滴泪
痛苦落下
自赤裸火山的高塔。

阴影

这条宽广之路
是光，是白，是新生的雪，
还是仇恨的征兆？

或许是被放逐的时刻？

生命，失落的花园，
死亡，最终，在亡者中，
这时刻已来临
成为终有一死的凡人？

是煅烧与惩罚的
橙色的时刻？

这一刻
没有花园，
没有丛林，
没有归路？

LA SOMBRA

史事

噢，我的爱，
忧伤之人第一次从舌上
尝出死亡的味道，
噢，我的爱，知识的苹果，
不幸的蜜，苦痛的花，
如果我此刻已生，为何须要死去，
如果血管刚刚交错，
如果梦与血都已落定，
如果我又偏颇似一丛杂物，
可怜的人类，兄弟，这般依旧，
当我已舍弃上帝，
当那个可怜女人的澄莹，
罗西娅，树的宠儿，
罗西娅，啃噬的玫瑰，
罗西娅，山脉的蜘蛛，
当我惊慕于那纯朴，
悲伤王国的创建者
到达金色之女，流亡之女的
纯洁怀抱，逃出灾难，
让树皮和红色藤蔓
将我覆盖，直至给我宁静与宏伟，

于是，在战败的口袋里，
被命运压倒，
最终从自我的牢狱中解放，
当我从你的吻中浮现，
噢，我的爱，于是到来了
宣告，晚钟，钟表，威胁，
噼啪作响的大地，
燃烧的阴影。

噢，我的爱，请拥住我的身体
在燃烧之剑的光芒前！

降临

她感到体内生长的
并非理性，而是坚韧的玫瑰，
岩石十字架般的激情，
植被根系的呐喊。
粗粝的土地上涌出烟，
不定的塔，随时准备倾塌，
雷鸣的号角，
悲伤者的河。

ADVENIMIENTO

燃烧的剑

火山的血直冲天空，
裂隙倾覆，
火红的灰烬，啃噬的熔岩，
隐匿的舌，现在四溢，
炽热的月亮化作河流。

上方，燃烧的剑
浮现自覆雪的山口，
火的鼾息
打破黑暗，
寂静
一秒的寂静
如冰凉的手，
然后山峦爆发出
行星的分娩；
泥浆与巨石落下，从哪里？
它们在哪里汇聚？
翻滚着，意欲何为？
为何而来？
火焰为何而来？
万物烧灼，

风散出
烈火的消息
沉闷的雷鸣彻夜言语
如被扼住的喉咙。

噢，熊熊燃烧的
自然的惊惧!
噢，大地的死亡!
饥馑的火山
沿着道路吞噬。
破碎的火山
剥落珠串，
它苦涩的负载，
不幸的口袋。
死去的火山
咆哮重生，
痛苦诞生
在毁灭一切的
巨大喜悦里。

地底的面包房

酵母涌出。
上帝呻吟
似囚徒
被活活烧死。
上帝融化在
他的落败里，
上帝，永远死去
在他的激情，折磨与死亡里，
以燃烧的剑威胁人类。

船与旅者

船上已满是飞鸟，
满是狐狸，满是蛇。
烧灼的母狮带来她的幼崽，
鹰落在船首，
绿眼的小鹿
睡在吞噬者美洲豹身旁，
蜂鸟在缓缓落下的
致命火山灰的云中起舞。
山鼠烦扰着
船的肋骨，
蝴蝶编织着它的裹尸布，
蓝色心脏的黄蜂，
黑色军队的蚁穴，
装扮似龙的蜥蜴，
最后的马，
森林的猫和狗，
野兔与天鹅，
裹着雨水啼叫的窜鸟，
脚爪洋红的鸽子，
利齿的野猪，
背插闪电的臭鼬，

LA NAVE Y SUS VIAJEROS

琥珀一样的鸭子，
寒冷的母鸡，
粪便中哀恸的鸟类，
黄色鸭子，
游蛇，
卷曲的蜥蜴，
念经的螳螂▲，
火把树的蜜蜂，
野兔的跳蚤，
安第斯神鹰与它的棺木，
苍白的蝙蝠，
填满了船只。
那艘船
仿佛坠成一串的
头颅，惊恐的羽毛，
风暴的爪子。

没有人类的位置；
罗多和罗西娅，
燃烧着，淌着血来到他们的船，
他们亲手建造的船

▲某些种类的螳螂在休息时会将前足收在前胸，因此它们在西语中也被称为rezadoras，即『念经者』或『祈祷者』。

以梦建造的船，
无人认识的木料，
没有钉子或锤头：
以双手和牙齿：
以温柔和纯洁。

LA NAVE Y SUS VIAJEROS

旅程

船!
开往目的地!
什么目的地?
开往海!
什么是海?

梦是船
在芬芳中被切割,
爱,水,木,
那里逃亡者
彼此拥抱,
从前,往后,当下。

他们逃离什么?
森林?
大地或天空,
逃离相聚,还是孤独?

他们劳作,相爱,
偷偷缠绵,倒在沙地上,
在林间,似在失踪者的

封闭房子，叶的房子：
一切都是流浪者的床，
一切都是吻，是喃喃的嘴唇，
丛林，心跳，交媾，沉默，
直到晨光决定
止住黑夜，而雷鸣
咆哮并燃烧；时间中诞生
惩罚之剑
又一次，男人与女人，行于世上：
被判决的人行于世上。

火山

人类奔跑，岩浆奔跑，
水奔流，岩浆奔流。

灼烧的风吹过，火
啃咬岩石而下，
惊起河水
烈焰落下，
火山搏动着
一齿齿咬合，
追逐逃亡的一切，
追逐鸟，
追逐空气，点燃它，
追逐水，消灭它。

活的火山，
活着，复活了，
以烟的花瓣啃噬，
以可怖之姿
杀灭。

航程

松开缆绳，船，
黑暗动物的船，
逃亡的鸽子与狗的船。
那里，鸟与猫之中，
寒冷里赤裸的人类，
罗多和她，孤独的人，
来自广袤的绿色沙漠，
来自雨，
来自孤寂的漆黑王国。
现在，火焰赶上他们，
死亡啃食他们，
煅烧的寂静
紧追不舍。

EL VIAJE

船

船，起航，
穿越灰烬的玫瑰！
南方的船，圆如月亮或苹果，
覆满恐惧，
前行！湖泊燃烧，
冬的面庞火花飞迸，
火山的马匹奔腾。

前行吧，脆弱之人
复活之人
欲成之人的船，
罗多的船，
罗西娅的玫瑰，
向着海岸的泡沫，
向着七个大洋与勇敢的岛屿，
南方的船，
纯净清新的芬芳，
森林的芬芳，
向着大海所有数目，
噢，船啊，让我们起航！

火山

到来了烧灼之物，
硫黄的河，
吞噬的舌，
拖曳，
沙沙作响，
继续煅烧：
树木感觉到
火焰之口的撕咬，
枝芽，根系都爆裂，
温顺的动物
被炽烈的动脉追上：
火红的死亡降下，
炎炎的炭火
以硫黄的河道
以红色的镰刀
灭绝一切生命：
浮渣燃烧
在南洋杉的树冠，
熔岩击碎岩石，
缓慢的火流
在船后追行。

VOLCÁN

天堂将你烧灼，
地狱将你追逐。

远去吧，人类，
王国正燃烧！

你被逐出丛林。

伟大的爱
须以血肉和灵魂，
以火焰偿还。

船

船跃出潟湖，
航行在
冻土，
雪与威力的刀锋间。

大地的一只眼是蓝色的水，
另一座潟湖绿如苜蓿，
另一座有美洲狮的颜色，
而船只显目，
吱嘎作响，奔跑逃亡。

火山追着它，
以无情的浪，
灼烧的爪，
而船
穿过雪和沼泽，
跌落山涧，
借一线水流翻越山脉，
逐渐崩散：
火焰将之燃烧，
灰烬将之吞咽：

LA NAVE

野兽咆哮，蜜蜂死去，
沉重的动物躁动不安，
蝴蝶颤抖
在美的焚毁中。

神祇

男人名叫罗多，
女人名叫罗西娅。

驾驶着船，
掌管船的世界：
突然，在瀑布边，
死亡边，
他们睫毛烧焦，遍体鳞伤，
眼睛因疼痛而苦涩，
只有在那儿，他们才明白了
自己是神祇，
当旧的上帝
立起火与诅咒之柱，
立下火红的剑，
旧神在那里死去，
那个诅咒者，
完成却诅咒自己作品的人，
没有结出新果的上帝
已经死去，现在
人类成为上帝。

LOS DIOSES

可以死，但必须
无尽地新生：
无法逃离，必须繁衍大地，
必须繁衍海洋：只有新的神
咬过爱的苹果。

火山

熔化的剑
巨石间落下
侵袭。
炭火的洪流，
迟滞的星辰燃烧吞没
销蚀落下。
生命燃烧，
矿石崩毁，
灼热的灰烬
将植被压覆倾倒
熔岩的太阳
继续摧毁。
蜂窝劈裂，
溅出蜜花与火星。
热流涌入巢穴，
煅烧沉睡的爪，
惩罚
向着船，
向着船而去。

VOLCÁN

黎明与冻土间
惊骇的乘客下船：
人类指挥着
沉默的兽，
被授权拯救世界的
男人和女人：
新船的统治者，
救赎的始祖。

瀑布

河水骤然汹涌，
传来雷声，哭声，海声，
唤醒罗西娅，她跑起来，
跑向罗多，
船，野兽与爱情坠入深渊：
瀑布将之悬空托起，
让他们从它的天空坠落，
让他们淹没，迷失，遇难，
将他们打捞，又让他们沉入水底，
将他们摔入泡沫的眩晕，
摔入水的闪电，摔入撞击，
将他们拢进它的蒸汽之手，
将他们系上虹彩。

船只坠落又穿行：
死而复生。

它如石块坠水，
又似鸟羽飞走，
也许它破碎
而水的手指撑起它艭鸟之身。

LA CATARATA

兽头四散，
罗多和罗西娅死去活来
直至新的河流似手臂
将破碎的他们带向大海。

火的复仇被抛在身后。

火山放弃它的预言。

光

他的嘴在她的嘴中。

她的手落在他的肌肤。

他们睡过光的四十小时

与暗的四十小时。

海托着他们。

蓝色的风，洁净无垢，

没有雨水，没有灰烬。

中央的太阳有圆润的火光。

辽阔的海洋，

有深沉的勉励，

与时日的开阔自由。

新神

由于世界已死，
受苦的两人，
被驱逐的人，
从最后的惩罚里逃出的人，
已无上帝，已无他人，已无伊甸，
与疯狂的动物一同
坠入海洋之中。
罗多与罗西娅，是人亦是神，
爱与知识的死者，
被击打，被创伤，灾难之子，
再次成为终点。

海的自由将他们托起
在它宽广的腰腹：
漫无目的，并无痛苦
在独一的船上颠簸，
又是孑然一身，但这次，他们是
自己动脉的主人，
自己语言的主人，
普通的神，在海中自由。

过往

噢，从林中的雕像，噢，孤独，
噢，枝叶间毁灭的城市，
从前的，从前的祝福，诅咒，
缺席的上帝借出的伊甸，
裹着他的贪婪，恫吓着！

因为当他们创造爱
当爱如植被蔓延在
自然的土地，
火的法则带着它的剑
前来征服他们，焚烧他们。

但他们已学会
金属与木料的功用，知晓自己的神圣：
第一个男人是第一位神，
第一个女人是他的玫瑰女神：
不必终须死亡，
而是在海上繁衍。

EL PASADO

黎明

罗多贴着罗西娅，
罗西娅由他拂弄，
两人再次碰撞，远离，
靠近，无限纯净，
以嘴唇和骨髓亲昵，
沉入触渊的浪，
敞开自己，播撒并重生，
朝地坠落，熄灭，死去。

本书就此结束
并开始

罗多说：我曾在
想要建造的王国中磨耗了自己，
我毫无知觉，因为孑然一身。
我想要打破
血脉与社会的承继：腾出自己。
当我掌握了
草原与冻土的可怖宁静
我发现自己比雪更孤独。

就在那时：你从烈火中走来
带着温柔的力量
我开始延续与伸展自己。

你是起始的无尽。

如此简单的你，灌木丛里
无依的草叶，让我醒来，
我也唤醒你，
当火山的雷鸣决意
警告我们大限已至，
我不愿让你或我自己消亡。

AQUÍ TERMINA Y COMIENZA ESTE LIBRO

说着，活着

罗西娅：我们打破了锁链。
罗多：请给我一百个孩子。
罗西娅：我将开拓光。
罗多：我爱你。我们会活下去。
罗西娅：沙地上，我看到影子。
罗多：我们是我们自己。
罗西娅：是的，我们，终于。
罗多：从最初就是：我们。
罗西娅：我想活下去。
罗多：我想吃东西。
罗西娅：是你给我生命。
罗多：我们做点面包吧。
罗西娅：从所有死亡里
我们来到生命的起点。
罗多：你没看见自己吗？
罗西娅：我赤身裸体。我觉得冷。
罗多：把斧头给我。
我弄些木柴。
罗西娅：我就在这块石头上，
等着生火。

后记

文～龚若晴

直到2024年1月，聂鲁达去世已有逾50年，而针对诗人死因的重启调查也持续了12年之久。数百起诉讼，几千页文件，一次次的案件梳理与陪审团召集，诗人之死的疑云不仅笼罩着智利的历史政治，也牵动着读者的心。

民众仍记得那些动人的时刻：他的情诗给多少人带去爱的启蒙，他慷慨激昂的朗诵和演讲点燃群众的热情和勇气，即便在他去世后，留下的光晕仍为黑暗中的人凝起不灭的信念。正如加西亚·马尔克斯在《米格尔在智利的地下行动》中

Gabriel García
1927—20

La aventu
de Miguel Littín clan
1986

所写的：

即使诗人去世后，房子处在无人看管的闲置状态，仍有新一代的爱慕者前来参观，而诗人在世时，这些年轻人都还不满八岁。他们来自世界各地，在门户紧锁、阻人擅入的栅栏上画上一颗颗心，将名字首字母嵌进去，再刻上爱的誓言。多数誓言是同一主题的变体：胡安和罗莎阅读巴勃罗的诗而相爱；感谢你，巴勃罗，教会我们什么是爱；我们愿像你一样爱恋。还有一些话，警察未能阻止也没有及时擦去：将军们，爱情永不死去；阿连德和聂鲁达虽死犹生，一分钟的黑暗不会让我们失明。▲

激情、爱欲与诗

lio Cortázar
914—1984

阿根廷作家胡里奥·科塔萨尔曾这样评价聂鲁达："聂鲁达让我们回到自己的世界，他将我

▲ 加西亚·马尔克斯《米格尔在智利的地下行动》，魏然译，南海出版公司 2019 年版。

hile

们从欧洲传统关于情人与缪斯的模糊概念中剥出，投入一个具体可感的女性的怀抱。他教会我们，拉丁美洲诗人可以立足当下去爱，去书写爱，就用日常最简单的词语，用我们大街小巷的气息，用一个人发现美的极致纯朴，无须如定日镜般亦步亦趋，也无须遵循黄金分割率。”

在聂鲁达写作的年代，《二十首情诗和一首绝望的歌》称得上一本大胆放肆的诗集。与其说诗人是写诗言爱，不若说是以爱成诗。诗歌写作的传统、意象和规则都要让位于诗人自身的感知。直白露骨的身体描写，热烈鲜明的爱恋情欲，以及不拘章法的自由韵，令诗人体内的庞大激情显露一斑，也让他在智利诗坛一举成名。这种激情扎根于拉丁美洲的天性，抛下所谓“典雅”“端庄”，将读者带入属于美洲大地的自然与炽烈。

用聂鲁达自己的话来说，这是诗人的“狂热”：“某种狂热，往往与诗歌密切相关。非常理性的人大概要付出很大代价才能成为诗人，而诗人要成为理性的人，想必同样要付出巨大代

▲ 聂鲁达《我坦言我曾历尽沧桑》，林光译，南海出版公司2015年版。

价。”▲他的爱欲和情诗，他的政治热情，他对人民的关注和对拉美大地的赞叹，或许都来自同一种天然的狂热，都是诗人心中同一簇篝火的光焰。

然而，诗人激情的烈焰并非无瑕的炬火。聂鲁达的生平和情史早已广为流传，也让他成为诸多争议的中心。在《二十首情诗和一首绝望的歌》出版后三十年，聂鲁达才在智利大学的一次演讲中透露了情诗的对象。聂鲁达将她们分别称为“玛丽索尔”和“玛丽松布拉”▲。前者凝聚了他青少年时期在特木科乡间的爱恋，“眼睛深邃似特木科湿润的天空”，环绕她的是“港口的海水与山间的弦月”；而后者是首都的学生，有“灰色贝雷帽和柔情的眼睛”，是“学生时代的动荡恋情中忍冬花般的长久芬芳”。

聂鲁达的诗行里有肉体的欢愉和苦恋的孤寂，有爆裂的狂热和湮灭的灰烬，但诗句的背后同样还有恋情的不定、爱意的飘忽和自私的决绝。移情别恋、见异思迁、对第一任妻子和女儿

▲ 西语原文的 Marisol 和 Marisombra 是由“海”（mar）一词分别加上“太阳”（sol）和“阴影”（sombra）构成的。

的不闻不问……诗人的生平曾让无数读者感到失望和幻灭。或许一切都矛盾又同源：他的爱欲澎湃，而过多的馑渴也从他的目光落在女性身上；他为穷苦群众与工人阶级奔走呼号，却无暇或无意为亲近之人拂去苦难。

就让我们不必为诗人开脱，也无须造神再灭神。聂鲁达的偏颇是真，自私是真，时代的局限是真，而作为读者，诗句的动人不假，被唤起的灼热爱意不假，爱与诗带来的成长亦不假。同样是激情、爱欲与诗，就让诗人的归诗人，读者的归读者。

世界的失落与救赎

1971 年，聂鲁达获诺贝尔奖可谓引起智利举国欢庆，而诗人也在获奖演说中重申：“我认为我作为诗人的责任，不仅要爱玫瑰花与谐音、炽烈的爱情与无边的乡愁，也要爱我写在诗里的人类的那些艰巨的使命。”诗人回到他对拉丁美洲和对人类命运的承诺，而此时年近古稀的老人已不再是曾经凭着一腔热情横冲直撞的青年，他的信念正是因为他已经历过孤独和愁苦，看过拉丁美洲“继承的是受了许多世纪磨难的人民的不幸生活”，也看过人类命运里“光辉的失败、受人冷落的胜利、令人迷惑的挫折”。▲

正如爱情在甜蜜与绝望中交错，对聂鲁达而言，人类的命运也在希望和失落中徘徊。半个世纪的个人经历和历史进程牵动着诗人情绪的起落。就在这场澎湃的诺奖演说之前，他也才刚从晚年的一次灰心中重新振作起来。

del mundo
1969

在 1969 年的诗集《世界末日》中，聂鲁达揭开了现实最消极的一面。在诗人眼中，这个世纪即将迎来终结，而人类曾经共同的幻想和期许已然破灭，世界陷入阴沉和绝望。两次世界大战和西班牙内战的阴影还未远去，战后人们所期待的和平却从未开始。切·格瓦拉的去世、布拉格之春的惨淡结局、越南的漫长战争，种种迹象都向诗人宣告着人类的败局。

esto Guevara
928—1967

强大的人类被自己困住，在灾难中繁衍生息，面临着被炸弹摧毁、被机器吞噬和被坦克碾

▲ 本文的诺贝尔奖演说片段均引自林光译本。下文不再赘述。

碎的未来。自然成为被遗失的美好，纯真被迫殉葬，无辜的孩童在战争与疾病中生死飘摇。“化为灰烬的城市”里，只有“一顶掉落的帽子，一只烧焦的鞋”，以及“一个被汽油弹烧死的女孩留下的玩具”。当神话破灭，上帝缺席，死亡再度成为世界的主宰。

而在第二年的诗集里，诗人终于从颓丧中恢复，为人类期许了一个新的未来：《燃烧的剑》一书也就此展开。

La espada encendida

那是智利南端广阔荒僻的巴塔哥尼亚，当极寒与风雪成为大地的主宰，新的命运也在其中酝酿。聂鲁达在诺奖演说中同样提到那片广袤的荒野，并认为“就在那次漫长的行程里，我获得了创作诗歌的必要成分。在那里，大地和心灵充实了我的诗的内容”。在逃亡的路上，他远离人世走进这片茫茫白雪：

在那无边无涯、人迹罕至的地方，在那葱葱茏茏和白雪皑皑的静穆中，树林、粗壮的藤蔓、沉积了千百年的腐殖土、突然倒下的变成我们前进的又一道障碍的树干，使我们每个人在行程中目不暇接。满目是令人眼花缭乱的神秘的大自然，又是严寒、冰天雪地以及追捕的有增无减的威胁。孤独、危险、沉寂以及我的使命的紧迫感，这一切都交织在一起了。

但正是在这片未知之地，在几乎没有人类历史的痕迹的地方，摒除了一切社会身份之后，人类相互厮杀的罪孽也被一同剔除，于是人与人的联结才短暂却永恒：

我们是在夜间到达群山间最后的峡谷的，这时忽然看见了火光，这是有人居住的确切迹象……寂静中我们听到吉他的弦声和歌声，这些声音来自炭火，也来自黑暗的地方，是我们在路途中偶然听到的头一个吸引我们的人声。那是一首关于爱情和疏远的歌，也是一种怨叹，它倾诉着对遥远的春天、对我们离别的城市、对无边广阔的生活的深情的爱和怀念。他们并不知道我们是谁，他们对逃亡者一无所知，他们既不知道我的诗也不知道我的名字。就算他们知道我的诗和名字，他们知道我们是谁吗？实际情况是，我们在火堆旁一起唱歌，一同吃饭，然后又在黑暗中一起走向一些天然的房舍。

女性的爱与力量

《燃烧的剑》里，两位主角罗多和罗西娅就相遇在冰天雪地的巴塔哥尼亚，抛下人类世界的一切过往，成为不染鲜血的最末和最初的人。这部诗集出版于聂鲁达六十五岁生日之际，虽然在文学阅读中较少被提及，却以史诗的形式融合了诗人最关注的两个面向：对人类命运的关切，以及女性的爱和力量。

诗集最开头便是一段《圣经》的引文，把守生命树的天使与“燃烧的剑”代表着伊甸园永远对亚当和夏娃关上大门，最初的人类从此落入充满敌意的世界。而在诗里，神话颠倒，人类从罪里逃出，到达全新的伊甸，并因爱重生，迎向新的黎明。

虽然人的堕落起源于吃下了分辨善恶之树的果子，但在诗人眼里，该隐与亚伯的故事显然更具有现世灾祸的象征意义。在《圣经》里，这是人类社会的第一对兄弟，第一次嫉妒与愤怒，第一宗谋杀和第一个谎言。于是同类相争，手足相残，人类的悲剧由此开始：“从第一场石头的

战争 / 到刀剑 / 到火焰 / 无人生还：/ 死亡想要更多口粮 / 便再次创造撒谎的人类 / 他们带着各自的机器 / 再次互相杀害，再次杀害我们。”于是，人只有离开人类社会才能逃出这罪。罗多一路向南，走向无人之地，走向未受污染的起源：“罗多抛弃所谓过去 / 于是不再是罪的帮凶……他冲破时间，抵达他的命运，/ 重新成为灵魂未染鲜血的第一个人。”

罗多愿在冰封的孤寂里以藤蔓缠绕自己的心，独自建立起世上最后的国。但诗人的热望从中显露，他为自己和世界期许了来自女性的救赎。从倾颓的恺撒城里逃出的罗西娅从拉丁美洲的传说里走来。

在拉丁美洲的殖民时期，恺撒城的故事诞生于西班牙探险者对拉美黄金的渴求。据说那里遍布金银财宝，居民悠闲富足，似一座世外桃源，而到达和离开的人都会忘记来路，永远无法向外人透露它的位置。虽然如今研究普遍认为恺撒城的原型是当时的印加帝国，但诗中这一设定明显带有更深一层的意味：西语美洲被殖民的历史起自西班牙人对财富的渴望和传教的热情，于是所谓“文明”与天主教西班牙的政治与宗教秩序一同到来。传说里的恺撒城从未被人发现，但现实里的土著文明却饱受征服的摧残。当诗人希望在远离人世之处重述《圣经》的故事，设立人类新的未来，美洲本土的文化亦被他从历史中托起。巴塔哥尼亚因人迹罕至而成为传教的边缘地带，“天上无人端坐现身”，恺撒城的罗西娅便在这里带来新的神话。

正如夏娃是因着亚当的需要、借由亚当的肋骨才被创造出来，罗西娅同样因罗多而来：“自你的碰触，我成为女性 / 你让我生长，仿佛是你 / 让我降世。”但她代表的是原始的自然，是拉丁美洲本土的文化，是女性的力量。当该隐杀害亚伯的悲剧反复重演，更温柔和包容的爱才能带来拯救。

《旧约》将夏娃归咎为听信魔鬼之言并唆使亚当吃下禁果的罪人，为此给女性生育的苦楚和受丈夫管辖的从属地位。而在聂鲁达的故事里，征服、战争和厮杀才是人间的罪，而罗多要在罗西娅的爱中被拯救。她听见火山的灾难，于是恋人出逃，死里求生，来到同样涵纳一切的平静的海中。

“只有新的神咬过爱的苹果”，于是聂鲁达

这样写道。当旧的世界与秩序崩灭，只有爱是救赎的前提，而第一个咬下苹果的夏娃，原是世界上第一位新的神祇。

Pablo Neruda

Parral, 12 de julio de 1904 – Santiago, 23 de septiembre de 1973

智利诗人、外交官。生于智利帕拉尔城。11 岁开始写诗，13 岁发表作品，20 岁即凭借情诗集《二十首情诗和一支绝望的歌》名满天下。其诗作甚丰，不仅广受拉丁美洲人民热爱，还因屡经翻译而名噪世界，被誉为“人民的诗人”“20 世纪最伟大的拉丁美洲诗人”。1971 年获诺贝尔文学奖，授奖词：“他的诗歌具有自然力般的作用，复苏了一个大陆的命运与梦想。”

图书在版编目（CIP）数据

只有新的神咬过爱的苹果 ： 聂鲁达诗集 / （智） 巴勃罗·聂鲁达著 ； 龚若晴译 ； GraciaxMarquez 绘 . 南京 ： 江苏凤凰文艺出版社， 2024. 11. -- ISBN 978-7-5594-8891-6

Ⅰ . I784.25

中国国家版本馆 CIP 数据核字第 20245W2A35 号

只有新的神咬过爱的苹果：聂鲁达诗集

[智] 巴勃罗·聂鲁达 著，龚若晴 译，GraciaxMarquez 绘

责任编辑　曹　波
特约编辑　尹晨钰
封面设计　付诗意
出版发行　江苏凤凰文艺出版社
　　　　　南京市中央路 165 号，邮编：210009
网　　址　http://www.jswenyi.com
印　　刷　天津海顺印业包装有限公司
开　　本　787 毫米 ×1092 毫米　1/32
印　　张　7.625
字　　数　30 千字
版　　次　2024 年 11 月第 1 版
印　　次　2024 年 11 月第 1 次印刷
书　　号　ISBN 978-7-5594-8891-6
定　　价　79.80 元

江苏凤凰文艺版图书凡印刷、装订错误，可向出版社调换，联系电话 025-83280257